सूर्यकान्त त्रिपाठी 'निराला'

निराला का जन्म वसन्त पंचमी, 1896 को बंगाल के मेदिनीपुर ज़िले के महिषादल नामक देशी राज्य में हुआ। निवास उत्तर प्रदेश के उन्नाव ज़िले के गढ़कोला गाँव में। शिक्षा हाईस्कूल तक ही हो पाई। हिन्दी, बांग्ला, अंग्रेजी और संस्कृत का ज्ञान आपने अपने अध्यवसाय से स्वतंत्र रूप में अर्जित किया।

प्राय: 1918 से 1922 ई. तक निराला महिषादल राज्य की सेवा में रहे, उसके बाद से सम्पादन, स्वतंत्र लेखन और अनुवाद-कार्य। 1922-23 ई. में 'समन्वय' (कलकत्ता) का सम्पादन। 1923 ई. के अगस्त से 'मतवाला-मंडल' में। कलकत्ता छोड़ा तो लखनऊ आए, जहाँ गंगा पुस्तकमाला कार्यालय और वहाँ से निकलनेवाली मासिक पत्रिका 'सुधा' से 1935 ई. के मध्य तक सम्बद्ध रहे। प्राय: 1940 ई. तक लखनऊ में। 1942-43 ई. से स्थायी रूप से इलाहाबाद में रहकर मृत्यु-पर्यन्त स्वतंत्र लेखन और अनुवाद-कार्य। *पहली प्रकाशित कविता :* 'जन्मभूमि' ('प्रभा', मासिक, कानपुर, जून, 1920)। *पहली प्रकाशित पुस्तक :* 'अनामिका' (1923 ई.)।

प्रमुख कृतियाँ : कविता-संग्रह : *आराधना, गीतिका, अपरा, परिमल, गीतगुंज, तुलसीदास, कुकुरमुत्ता, बेला, अर्चना, नए पत्ते, अणिमा, रागविराग, सांध्य काकली, असंकलित रचनाएँ।* **उपन्यास :** *बिल्लेसुर बकरिहा, अप्सरा, अलका, कुल्लीभाट, प्रभावती, निरुपमा, चोटी की पकड़, भक्त ध्रुव, भक्त प्रह्लाद, महाराणा प्रताप, भीष्म पितामह, चमेली, काले कारनामे, इन्दुलेखा* (अपूर्ण)। **कहानी-संग्रह :** *सुकुल की बीवी, लिली, चतुरी चमार, महाभारत, सम्पूर्ण कहानियाँ।* **निबन्ध-संग्रह :** *प्रबन्ध प्रतिमा, प्रबन्ध पद्म, चयन, चाबुक, संग्रह।* **संचयन :** *दो शरण, निराला संचयन, निराला रचनावली।*

निधन : 15 अक्टूबर, 1961

चतुरी चमार

सूर्यकान्त त्रिपाठी 'निराला'

राजकमल पेपरबैक्स

पहला पुस्तकालय संस्करण
1945 में प्रकाशित

राजकमल पेपरबैक्स में
पहला संस्करण : 2010
सातवाँ संस्करण : 2024

राजकमल पेपरबैक्स : उत्कृष्ट साहित्य के जनसुलभ संस्करण

राजकमल प्रकाशन प्रा.लि.
1-बी, नेताजी सुभाष मार्ग, दरियागंज
नई दिल्ली-110 002
द्वारा प्रकाशित

शाखाएँ : अशोक राजपथ, साइंस कॉलेज के सामने, पटना-800 006
पहली मंजिल, दरबारी बिल्डिंग, महात्मा गांधी मार्ग, प्रयागराज-211 001
1, अनमोल सोराबजी संतुक लेन, धोबी तलाव, मरीन लाइंस, मुम्बई-400 002

वेबसाइट : www.rajkamalprakashan.com
ई-मेल : info@rajkamalprakashan.com

बी.के. ऑफसेट
नवीन शाहदरा, दिल्ली-110 032
द्वारा मुद्रित

मूल्य : ₹199

CHATURI CHAMAR
Short Stories by Suryakant Tripathi 'Nirala'

ISBN : 978-81-267-1832-0

आवेदन

'चतुरी चमार' नाम का कहानी-संग्रह पाठकों के सामने है। पहली कहानी 'चतुरी चमार' की हिन्दी-साहित्य में काफी चर्चा हो चुकी है। आलोचक अनेकानेक निबन्धों में इसकी प्रशंसा कर चुके हैं। संग्रहकार अपने संग्रहों में इसको स्थान दे चुके हैं। पाठक पढ़ने पर इनके तथा अन्य कहानियों के मूल का हिसाब स्वयं लगा लेंगे। मैंने स्थायी साहित्य के सर्जन के विचार से ये कहानियाँ लिखी हैं। पढ़ने पर पाठकों का श्रम सार्थक होगा, मुझको विश्वास है। भाषा, भाव और विषय के विवेचन में कहानियों के साथ उनका मन पुष्ट होगा। कला अपने आप उनको ऊँचा उठाएगी और मनोरंजन करेगी। उनका श्रम साहित्य-ज्ञानार्जन से सार्थक होगा।

—सूर्यकान्त त्रिपाठी 'निराला'

अनुक्रम

चतुरी चमार

चतुरी चमार

चतुरी चमार डाकखाना चमियानी, मौजा गढ़ाकोला, जिला उन्नाव का एक कदीमी बाशिन्दा है। मेरे ही नहीं, मेरे पिताजी के, बल्कि उनके भी पूर्वजों के मकान के पिछवाड़े, कुछ फासले पर, जहाँ से होकर कई और मकानों के नीचे और ऊपरवाले पनालों का, बरसात और दिन-रात का शुद्धाशुद्ध जल बहता रहता है, ढाल से कुछ ऊँचे एक बगल चतुरी चमार का पुश्तैनी मकान है। मेरी इच्छा होती है, चतुरी के लिए 'गौरवे बहुवचनम्' लिखूँ, क्योंकि साधारण लोगों के जीवन-चरित या ऐसे ही कुछ लिखने के लिए सुप्रसिद्ध सम्पादक पं. बनारसीदास चतुर्वेदी द्वारा दिया हुआ आचार्य द्विवेदीजी का प्रोत्साहन पढ़कर मेरी श्रद्धा बहुत बढ़ गई है, पर एक अड़चन है, गाँव के रिश्ते में चतुरी मेरा भतीजा लगता है। दूसरों के लिए वह श्रद्धेय अवश्य है, क्योंकि वह अपने उपानह-साहित्य में आजकल के अधिकांश साहित्यिकों की तरह अपरिवर्तनवादी है। वैसे ही देहात में दूर-दूर तक उनके मजबूत जूतों की तारीफ है। पासी हफ्ते में तीन दिन हिरन, चौगड़े और बनैले सूअर खदेड़कर फाँसते हैं, किसान अरहर की ठूँठियों पर ढोर भगाते

हुए दौड़ते हैं—कँटीली झाड़ियों को दबाकर चले जाते हैं, छोकड़े बेल, बबूल, करील और बेर के काँटों के भरे रुँधवाए बागों से सरपट भागते हैं, लोग जेंगरे पर मडनी करते हैं, द्वारिका नाई न्योता बाँटता हुआ दो साल में दो हजार कोस से ज्यादा चलता है, चतुरी के जूते अपरिवर्तनवाद के चुस्त रूपक जैसे टस से मस नहीं होते; यह जरूर है कि चतुरी के जूते जिला बाँदा के जूतों से वजन में हल्के बैठते हैं, सम्भव है, चित्रकूट के इर्द-गिर्द होने के कारण वहाँ के चर्मकार भाइयों पर रामजी की तपस्या का प्रभाव पड़ा हो, इसलिए उनका साहित्य ज्यादा ठोस हुआ, चतुरी वगैरह लखनऊ के नजदीक होने के कारण नवाबों के साये में आए हों। उन दिनों मैं गाँव में रहता था। घर बगल में होने के कारण, घर बैठे ही मालूम कर लिया कि चतुरी चतुर्वेदी आदिकों से सन्त-साहित्य का कहीं अधिक मर्मज्ञ है, केवल चिट्ठी लिखने का ज्ञान न होने के कारण एक क्रिया होकर भी भिन्नफल है। वे पत्र-पुस्तकों के सम्पादक हैं, यह जूतों का। एक रोज मैंने चतुरी आदि के लिए चरस मँगवाकर अपने ही दरवाजे पर बैठक लगवाई। चतुरी उम्र में मेरे चाचाजी से कुछ ही छोटा होगा, कई घरों के लड़के-बच्चे समेत 'चरस-रसिक रघुपति-पद-नेहु' लोध आदि के सहयोग से मजीरेदार डफलियाँ लेकर वह रात आठ बजे आकर डट गया। कबीरदास, सूरदास, तुलसीदास, पलटूदास आदि ज्ञात-अज्ञात अनेकानेक सन्तों के भजन होने लगे। पहले मैं निर्गुण शब्द का केवल अर्थ लिया करता था, लोगों को 'निर्गुण पद है' कहकर संगीत की प्रशंसा करते हुए सुनकर हँसता था, अब गम्भीर हो जाया करता हूँ—जैसे उम्र की बाढ़ के साथ अक्ल बढ़ती है। मैं मचिया पर बैठकर भजन सुनने लगा। चतुरी आचार्य-कंठ से लोगों को भूले पदों की याद दिला दिया करता। मुझे मालूम हुआ, चतुरी कबीर-पदावली का

विशेषज्ञ है। मुझसे उसने कहा, "काका, ये निर्गुण-पद बड़े-बड़े विद्वान नहीं समझते।" फिर शायद मुझे भी उन्हीं विद्वानों की कोटि में शुमारकर बोला, "इस पद का मतलब–" मैंने उतरे गले से बात काटकर उभड़ते हुए कहा, "चतुरी, आज गा लो, कल सुबह आकर मतलब समझाना। मतलब से गाने की तलब चली जाएगी।" चतुरी खखारकर गम्भीर हो गया। फिर उसी तरह डिक्टेट करता रहा। बीच-बीच में ओजस्विता लाने के लिए चरस की पुट चलती रही। गाने में मुझे बड़ा आनन्द आया। ताल पर तालियाँ देकर मैंने भी सहयोग दिया। वे लोग ऊँचे दर्जे के उन गीतों का मतलब समझते थे, उनकी नीचता पर यह एक आश्चर्य मेरे साथ रहा। बहुत-से गाने आलंकारिक थे। वे उनका भी मतलब समझते थे। एक बजे रात तक मैं बैठा रहा। मुझे मालूम न था कि 'भगत' कराने के अर्थ रात-भर गँवाने के हैं। तब तक आधी चरस भी खतम न हुई थी। नींद ने जोर मारा। मैंने चतुरी से चलने की आज्ञा माँगी। चरस की ओर देखते हुए उसने कहा, "काका, फिर कैसे काम बनेगा?" मैंने कहा, "चतुरी, तुम्हारी काकी तो भगवान् के यहाँ चली गईं, जानते ही हो–भोजन अपने हाथ पकाना पड़ता है, कोई दूसरा मदद के लिए है नहीं, जरा आराम न करेंगे, तो कल उठ न पाएँगे।" चतुरी नाराज होकर बोला, "तुम ब्याह करते ही नहीं, नहीं तो तेरह काकी आ जाएँ, हाँ वैसी तो... ।" मैंने कहा, "चतुरी, भगवान् की इच्छा।" दुखी हृदय से सहानुभूति दिखलाते हुए चतुरी ने कहा, "काकी बहुत पढ़ी-लिखी थीं। मैंने कई चिट्ठियाँ उनसे लिखवाई हैं।" फिर जलती हुई चिलम में दम लगाकर धुवाँ पीकर, सिर नीचे की ओर जोर से दबाकर, नाक से धुवाँ निकालकर बैठे गले से बोला, "काकी रोटी भी करती थीं, बर्तन भी मलती थीं और रोज रामायण भी पढ़ती थीं,

बड़ा अच्छा गाती थीं काका, तुम वैसा नहीं गाते, बुढ़ऊ बाबा (मेरे चाचा) दरवाजे बैठते थे। भीतर काकी रामायण पढ़ती थीं। गजलें और न जाने क्या-क्या–टिल्लाना गाती थीं–क्यों काका?'' मैंने कहा, ''हूँ; तुम लोग चतुरी गाओ, मैं दरवाजा बन्द करके सुनता हूँ।''

जगने तक भगत होती रही। फिर कब बन्द हुई, मालूम नहीं। जब आँख खुली, तब काफी दिन चढ़ आया था। मुँह धोकर दरवाजा खोला, चतुरी बैठा एकटक दरवाजे की ओर देख रहा था। कबीर-पदावली का अर्थ उससे किसी ने नहीं सुना। मैंने सुबह सुनने के लिए कहा था, वह आया हुआ है। मैंने कहा, ''क्यों चतुरी, रात सोए नहीं?'' चतुरी सहज-गम्भीर मुद्रा से बोला, ''सोकर जगे तो बड़ी देर हुई, बुलाने की वजह से आया हुआ हूँ।'' जिनमें शक्ति होती है, अवैतनिक शिक्षक वही हो सकते हैं। मैंने कहा, ''मैं तैयार हूँ, पहले तुम कबीर साहब की कोई उल्टवाँसी सीधी करो।'' ''कौन सुनाऊँ।'' चतुरी ने कहा, ''एक से एक बढ़कर हैं। मैं कबीरपंथी हूँ न काका, जहाँ गिरह लगती है, साहब आप खोल देते हैं।'' मैंने कहा, ''तुम पहुँचे हुए हो, यह मुझे कल ही मालूम हो गया था।'' चतुरी आँख मूँदकर शायद साहब का ध्यान करने लगा, फिर सस्वर एक पद गुनगुनाकर गाने लगा, फिर एक-एक कड़ी गाकर अर्थ समझाने लगा। उसके अर्थ में अनर्थ पैदा करना आनन्द खोना था, जब वह भाष्य पूरा कर चुका, जिस तरह के भाष्य से हिन्दीवालों पर 'कल्याण' के निरमिष लेखों का प्रभाव पड़ सकता है, मैंने कहा, ''चतुरी, तुम पढ़े-लिखे होते, तो पाँच सौ की जगह पाते।'' खुश होकर चतुरी बोला, ''काका, कहो तो अर्जुनवा (चतुरी का सत्रह साल का लड़का) को पढ़ने के लिए भेज दिया करूँ, तुम्हारे पास पढ़

जाएगा, तुम्हारी विद्या ले लेगा, मैं भी अपनी दे दूँगा, तो कहो भगवान् की इच्छा हो जाए तो कुछ हो जाए।" मैंने कहा, "भेज दिया करो। दीया घर से लेकर आया करे। हमारे पास एक ही लालटेन है, बहुत नजदीक घिसेगा, तो गाँववाले चौकेंगे। आगे देखा जाएगा। लेकिन गुरु-दक्षिणा हम रोज लेंगे। घबराओ मत। सिर्फ बाजार से हमारे लिए गोश्त ले आना होगा, और महीने में दो दिन चक्की से आटा पिसवा लाना होगा। इसकी मेहनत हम देंगे। बाजार तुम जाते ही हो।" चतुरी को इस सहयोग से बड़ी खुशी हुई। एक प्रसंग पर आने के विचार से मैंने कहा, "चतुरी, तुम्हारे जूते की बड़ी तारीफ है।" खुश होकर चतुरी बोला, "हाँ, काका, दो साल चलता है।" उसमें एक दर्द भी दबा था। दुखी होकर कहा, "काका, जमींदार के सिपाही को एक जोड़ा हर साल देना पड़ता है। एक जोड़ा भगतवा देता है, एक जोड़ा पंचमा। जब मेरा ही जोड़ा मजे में दो साल चलता है, तब ज्यादा लेकर कोई चमड़े की बर्बादी क्यों करे?" कहकर डबडबाई आँखों देखता हुआ जुड़े हाथों सेवईं-सी बटने लगा।

मुझे सहानुभूति के साथ हँसी आ गई। मगर हँसी को होंठों से बाहर न आने दिया। सँभलकर स्नेह से कहा, "चतुरी, इसका वाजिब-उल-अर्ज में पता लगाना होगा। अगर तुम्हारा जूता देना दर्ज होगा, तो इसी तरह पुश्त-दर-पुश्त तुम्हें जूते देते रहने पड़ेंगे।"

चतुरी सोचकर मुस्कराया। बोला, "अब्दुल-अर्ज में दर्ज होगा, क्यों काका?" मैंने कहा, "हूँ, देख लो, सिर्फ एक रुपया हक लगेगा।"

वक्त बहुत हो गया था। मुझे काम था। चतुरी को मैंने बिदा किया। वह गम्भीर होकर सिर हिलाता हुआ चला। मैं उसके मनोविकार पढ़ने लगा—'वह एक ऐसे जाल में फँसा है, जिसे वह

काटना चाहता है, भीतर से उसका, पूरा जोर उमड़ रहा है, पर एक कमजोरी है, जिसमें बार-बार उलझकर रह जाता है।'

अर्जुन का आना जारी हो गया। उन दिनों बाहर मुझे कोई काम न था, देहात में रहना पड़ा। गोश्त आने लगा। समय-समय पर लोध, पासी, धोबी और चमारों का ब्रह्मभोज भी चलता रहा। घृतपक्व मसालेदार मांस की खुशबू से जिसकी भी लार टपकी, आप निमन्त्रित होने को पूछा। इस तरह मेरा मकान साधारण जनों का अड्डा, बल्कि House of Commons हो गया। अर्जुन की पढ़ाई उत्तरोत्तर बढ़ चली। पहले-पहल जब 'दादा, मामा, काका, दादी, नानी' उसने सीखा, तो हर्ष में उसके माँ-बाप सम्राट-पद पाए हुए को छापकर छलके। सब लोग आपस में कहने लगे, अब अर्जुनवा 'दादा-दादी' पढ़ गया। अर्जुन अपने बाप चतुरी को दादा और माँ को दादी कहता था। दूसरे दिन उसके बड़े भाई ने मुझसे शिकायत की। कहा, "बाबा, अर्जुनवा और तो सब लिख-पढ़ लेता है, पर भैया नहीं लिखता।" मैंने समझाया कि किताब में 'दादा-दादी' से भैया की इज्जत बहुत ज्यादा है, 'भैया' तक पहुँचने में उसे दो महीने की देर होगी।

धीरे-धीरे आम पकने के दिन आए। अर्जुन अब दूसरी किताब समाप्त कर अपने खानदान में विशेष प्रतिष्ठित हो चला। कुछ नाजुक-मिजाज भी हो गया। मोटा काम न होता था। आम़ खिलाने के विचार से मैं अपने चिरंजीव को लिवा लाने के लिए ससुराल गया। तब उसकी उम्र 9-10 साल की होगी। सोम या चहर्रुम में पढ़ता था। मेरे यहाँ उसके मनोरंजन की चीज न थी। कोई स्त्री भी न थी, जिसके प्यार में वह बहला रहता। पर दो-चार दिन के बाद मैंने देखा, वह ऊबा नहीं,

अर्जुन से उसकी गहरी दोस्ती हो गई है। वह अर्जुन का काका लगता था, जैसे मैं अर्जुन के बाप का। यद्यपि अर्जुन उम्र में उससे पौने दो पट था, फिर भी पद और पढ़ाई में मेरे चिरंजीव बड़े थे, फिर यह ब्राह्मण के लड़के भी थे। अर्जुन को नई और इतनी बड़ी उम्र में उतने छोटे से काका को श्रद्धा देते हुए प्रकृति के विरुद्ध दबना पड़ता था। इसका असर अर्जुन के स्वास्थ्य पर तीन ही चार दिन में प्रत्यक्ष हो चला। तब मुझे कुछ मालूम न था, अर्जुन शिकायत करता न था। मैं देखता था, जब मैं डाकखाना या बाहर गाँव से लौटता हूँ मेरे चिरंजीव अर्जुन के यहाँ होते हैं, या घर ही पर उसे घेरकर पढ़ाते रहते हैं। चमारों के टीले में गोस्वामीजी के इस कथन को 'मनहु मत्त गजपन निरखि सिंह किसोरहिं चोप' वह कई बार सार्थक करते दिख पड़े। मैं ब्राह्मण-संस्कारों की सब बातों को समझ गया। पर उसे उपदेश क्या देता? चमार दबेंगे, ब्राह्मण दबाएँगे। दवा है, दोनों की जड़ें मार दी जाएँ, पर यह सहज-साध्य नहीं। सोचकर चुप हो गया।

मैं अर्जुन को पढ़ाता था तो स्नेह देकर, उसे अपनी ही तरह का एक आदमी समझकर, उसके उच्चारण की त्रुटियों को पार करता हुआ। उसकी कमजोरियों की दरारें भविष्य में भर जाएँगी, ऐसा विचार रखता था। इसलिए कहाँ-कहाँ उसमें प्रमाद है; यह मुझे याद भी न था। पर मेरे चिरंजीव ने चार ही दिन में अर्जुन की सारी कमजोरियों का पता लगा लिया, और समय-असमय उसे घर बुलाकर मेरी गैर-हाजिरी में उन्हीं कमजोरियों के रास्ते उसकी जीभ को दौड़ाते हुए अपना मनोरंजन करने लगे। मुझे बाद को मालूम हुआ।

सोमवार मियाँगंज के बाजार का दिन था। गोश्त के पैसे मैंने चतुरी को दे दिए थे। डाकखाना तब मगरायर था। वहाँ से बाजार नजदीक है। मैं डाकखाने से प्रबन्ध भेजने के लिए टिकट लेकर

टहलता हुआ बाजार गया। चतुरी जूते की दूकान लिए बैठा था। मैंने कहा, "कालिका (धोबी) भैया आए हैं, चतुरी, हमारा गोश्त उनके हाथ भेज देना। तुम बाजार उठने पर जाओगे, देर होगी।" चतुरी ने कहा, "काका एक बात है, अर्जुनवा तुमसे कहते डरता है, मैं घर आकर कहूँगा, बुरा न मानना लड़कों की बातों का।" 'अच्छा' कहकर मैंने बहुत-कुछ सोच लिया। बकर-कसाई के सलाम का उत्तर देकर बादाम और ठंडाई लेने के लिए बनियों की तरफ गया। बाजार में मुझे पहचाननेवाले न पहचाननेवालों की मेरी विशेषता से परिचित करा रहे थे—चारों ओर से आँखें उठी हुई थीं। तअज्जुब यह था कि अगर ऐसा आदमी है, तो मांस खाना-जैसा घृणित पाप क्यों करता है। मुझे क्षण-मात्र में यह सब समझ लेने का काफी अभ्यास हो गया था। गुरु मुख ब्राह्मण आदि मेरे घड़े का पानी छोड़ चुके थे। गाँव तथा पड़ोस के लड़के अपने-अपने पिता-पितामहों को समझा चुके थे कि 'बाबा (मैं) कहते हैं, मैं पानी-पाँड़े थोड़े ही हूँ, जो ऐरे-गैरे नत्थु-खैरे सबको पानी पिलाता फिरूँ।' इससे लोग और नाराज हो गए थे। साहित्य की तरह समाज में भी दूर-दूर तक मेरी तारीफ फैल चुकी थी—विशेष रूप से जब एक दिन विलायत की टोरी-पार्टी की तारीफ करनेवाले, एक देहाती स्वामीजी को मैंने कबाब खाकर काबुल में प्रचार करनेवाले, रामचन्द्रजी के वक्त के, एक ऋषि की कथा सुनाई, और मुझसे सुनकर वहीं गाँव के ब्राह्मणों के सामने बीड़ी पीने के लिए प्रचार करके भी वह मुझे नीचा नहीं दिखा सके—उन दिनों भाग्यवश मिले हुए अपने आवारागर्द नौकर से बीड़ी लेकर, सबके सामने दियासलाई लगाकर मैंने समझा दिया कि तुम्हारे इस जूठे धुएँ से बढ़कर मेरे पास दूसरा महत्त्व नहीं।

मैं इन आश्चर्य की आँखों के भीतर बादाम और ठंडाई लेकर

जरा रीढ़ सीधी करने को हुआ कि एक बुढ्ढे पंडितजी एक देहाती भाई के साथ मेरी ओर बढ़ते नजर आए। मैंने सोचा, शायद कुछ उपदेश होगा। पंडितजी सारी शिकायत पीकर, मधु-मुख हो अपने प्रदर्शक से बोले, "आप ही हैं?" उसने कहा, "हाँ, यह हैं।" पंडितजी देखकर गद्‌गद् हो गए। ठोढ़ी उठाकर बोले, "ओहोहो! आप धन्य हैं।" मैंने मन में कहा– 'नहीं, मैं वन्य हूँ। मजाक करता है खूसट।' पर गौर से उनका पग और खौर देखकर कहा, "प्रणाम करता हूँ पंडितजी।" पंडितजी मारे प्रेम के संज्ञा खो बैठे। मेरा प्रणाम मामूली प्रणाम नहीं–बड़े भाग्य से मिलता है। मैं खड़ा पंडितजी को देखता रहा। पंडितजी ने अपने देहाती साथी से पूछा, "आप-बे-मे सब पास हैं?" उनका साथी अत्यन्त गम्भीर होकर बोला, "हाँ, जिला में दूसरा नहीं है।" होंठ काटकर मैंने कहा, "पंडितजी, रास्ते में दो नाले और एक नदी पड़ती है। भेड़िए लागन हैं। डंडा नहीं लाया। आज्ञा हो, तो चलूँ–शाम हो रही है।" पंडितजी स्नेह से देखने लगे। जो शिकायत उन्होंने सुनी थी, आँखों में उस पर सन्देह था, दृष्टि कह रही थी–'यह वैसा नहीं–जरूर गोश्त न खाता होगा, बीड़ी न पी होगी, लोग पाजी हैं।' प्रणाम करके, आशीर्वाद लेकर मैंने घर का रास्ता पकड़ा।

दरवाजे पर आकर रुक गया। भीतर बातचीत चल रही थी। प्रकाश कुछ-कुछ था। सूर्य डूब रहा था। मेरे पुत्र की आवाज आई– "बोल रे, बोल।" इस वीर-रस का अर्थ मैं समझ गया। अर्जुन बोलता हुआ हार चुका था, पर चिरंजीव को रस मिलने के कारण बुलाते हुए हार न हुई थी। चूँकि बार-बार बोलना पड़ता था, इसलिए अर्जुन बोलने से ऊबकर चुप था। डाँटकर पूछा गया, तो सिर्फ कहा, "क्या?"

"वही—गुण, बोल।"

अर्जुन ने कहा, "गुण।"

बच्चे के अट्हास से घर गूँज उठा। भरपेट हँसकर, स्थिर होकर फिर उसने आज्ञा की—"बोल—गणेश।"

रोनी आवाज में अर्जुन ने कहा—"गड़ेस।" खिलखिलाकर, हँसकर, चिरंजीव ने डाँटकर कहा—"गड़ेस-गड़ास करता है—साफ नहीं कह पाता क्यों रे, रोज दातौन करता है?"

अर्जुन अप्रतिभ होकर, दबी आवाज में एक छोटी-सी 'हूँ', करके, सिर झुकाकर रह गया। मैं दरवाजा धीरे-से ढकेलकर भीतर खम्भे की आड़ से देख रहा था। मेरे चिंरजीव उसे उसी तरह देख रहे थे, जैसे गोरे कालों को देखते हैं। जरा देर चुप रहकर फिर आज्ञा की—"बोल वर्ण।"

अर्जुन की जान की आ पड़ी। मुझे हँसी भी आई, गुस्सा भी लगा। निश्चय हुआ, अब अर्जुन से विद्या का धनुष नहीं उठने का। अर्जुन वर्ण के उच्चारण में विवर्ण हो रहा था। तरह-तरह के मुँह बना रहा था। पर खुलकर कुछ कहता न था। उसके मुँह बनाने का आनन्द लेकर चिंरजीव ने फिर डाँटा—"बोलता है, या लगाऊँ झापड़। नहा लूँगा, गरमी तो है।"

मैंने सोचा, अब प्रकट होना चाहिए। मुझे देखकर अर्जुन खड़ा हो गया, आँखें मल-मलकर रोने लगा। मैंने पुत्र-रत्न से कहा, "कान पकड़कर उठो-बैठो दस दफे।" उसने नजर बदलकर कहा, "मेरा कुसूर कुछ नहीं और मैं यों ही कान पकड़कर उठूँ-बैठूँ!" मैंने कहा, "तुम इससे गुस्ताखी कर रहे थे।" उसने कहा, "तो आपने भी की होगी। इससे 'गुण' कहला दीजिए, आपने पढ़ाया तो है, इसकी किताब में लिखा है।" मैंने कहा, "तुम हँसते क्यों थे!" उसने कहा,

"क्या मैं जान-बूझकर हँसता था?" मैंने कहा, "अब आज से तुम इससे बोल न सकोगे।" लड़के ने जवाब दिया, "मुझे मामा के यहाँ छोड़ आइए; यहाँ डाल के आम खट्टे होते हैं—चोपी होती है। मुँह फदक जाता है, वहाँ पाल के आम आते हैं।"

चिरंजीव को नाई के साथ भेजकर मैंने अर्जुन और चतुरी को सान्त्वना दी।

कुछ महीने और गाँव में रहना पड़ा। अर्जुन कुछ पढ़ गया। शहरों की हवा मैंने बहुत दिनों से न खाई थी—कलकत्ता, बनारस, प्रयाग आदि का सफर करते हुए लखनऊ में डेरा डाला—स्वीकृत किताबें छपवाने के विचार से। कुछ काम लखनऊ में और मिल गया। अमीनाबाद होटल में एक कमरा लेकर निश्चिन्त चित्त से साहित्य-साधना करने लगा।

इन्हीं दिनों देश में आन्दोलन जोरों का चला—यही, जो चतुरी आदिक के कारण फिस्स हो गया है। होटल में रहकर, देहात से आनेवाले शहरी युवक मित्रों से सुना करता था, गढ़ाकोला में भी आन्दोलन जोरों पर है—छह-सात सौ तक की जोत किसान लोग इस्तीफा कर छोड़ चुके हैं—वह जमीन अभी तक नहीं उठी—किसान रोज इकट्ठे होकर झंडा-गीत गाया करते हैं। साल-भर बाद, जब आन्दोलन में प्रतिक्रिया हुई, जमींदारों ने दावा करना और रियाया को बिना किसी रियायत के दबाना शुरू किया, तब गाँव के नेता मेरे पास मदद के लिए आए, बोले—"गाँव में चलकर लिखो। तुम रहोगे, तो मार न पड़ेगी, लोगों को हिम्मत रहेगी, अब सख्ती हो रही है।" मैंने कहा, "मैं कुछ पुलिस तो हूँ नहीं, जो तुम्हारी रक्षा करूँगा, फिर मार

खाकर चुपचाप रहनेवाला धैर्य मुझमें बहुत थोड़ा है, कहीं ऐसा न हो कि शक्ति का दुरुपयोग हो।" गाँव के नेता ने कहा, "तुम्हें कुछ करना तो है नहीं, बस बैठे रहना है।" मैं गया।

मेरे गाँव की कांग्रेस ऐसी थी कि जिले के साथ उसका कोई तअल्लुक न था—किसी खाते में वहाँ के लोगों के नाम दर्ज न थे। पर काम में पुरवा-डिवीजन में उससे आगे दूसरा गाँव न था। मेरे जाने के बाद पता नहीं, कितनी दरख्वास्तें साहब ने इधर-उधर लिखीं।

कच्चे रंगों से रँगा तिरंगा झंडा महावीर स्वामी के सामने एक बड़े बाँस में गड़ा, बारिश से धुलकर धवल हो रहा था। इन दिनों मुकद्दमेबाजी और तहकीकात जोरों से चल रही थी। कुछ किसानों पर एक साल के हरी-भूसे को तीन साल की बाकी बनाकर, जमींदार ने आनरेरी दावे दायर किए थे, जो अपनी क्षुद्रता के कारण जमींदार साहब से मजिस्ट्रेट के पास आकर किसानों की दृष्टि में और भयानक हो रहे थे। एक दिन दरख्वास्तों के फलस्वरूप शायद, दारोगाजी तहकीकात करने आए। मैं मगरायर डाक देखने जा रहा था। बाहर निकला तो लोगों ने कहा—"दारोगाजी आए हैं, अभी रहो।" आगे दारोगाजी भी मिल गए। जमींदार साहब ने मेरी तरफ दिखाकर अंग्रेजी में धीरे से कुछ कहा। तब मैं कुछ दूर था, सुना नहीं। गाँववाले समझे नहीं, दारोगाजी झंडे की तरफ जा रहे थे। जमींदार शायद उखड़वा देने के इरादे से लिए जा रहे थे। महावीरजी के अहाते में झंडा देखकर दारोगा कुछ सोचने लगे, बोले, "यह तो मन्दिर का झंडा है।" अच्छी तरह देखा, उसमें कोई रंग न देख पड़ा। जमींदार साहब को गौर से देखते हुए लौटकर डेरे की तरफ चले। जमींदार साहब ने बहुत समझाया कि 'वह बारिश से धुलकर सफेद हो गया है, लेकिन है यह कांग्रेस का झंडा।' पर दारोगाजी बुद्धिमान थे।

महावीरजी के अहाते में सफेद झंडे को उखड़वाकर वीरता प्रदर्शित करने की आज्ञा न दी। गाँव में कांग्रेस है, इसका पता न सब-डिवीजन में लगा, न जिले में, थानेदार साहब करें क्या?

उन दिनों मुझे उन्निद्र-रोग था। इसलिए सिर के बाल साफ थे। मैंने सोचा—'वेश का अभाव है, तो भाषा को प्रभावशाली करना चाहिए, नहीं तो थानेदार साहब पर अच्छी छाप न पड़ेगी। वहाँ तो महावीर स्वामी की कृपा रही, यहाँ अपनी ही सरस्वती का सहारा है।' मैं ठेठ देहाती हो रहा था; थानेदार साहब ने मुझसे कहा, "आप कांग्रेस में हैं?" मैंने सोचा इस समय राष्ट्रभाषा से राजभाषा का महत्त्व बढ़कर होगा। कहा, "मैं तो विश्व सभा का सदस्य हूँ।" इस सभा का नाम भी थानेदार साहब ने न सुना था। पूछा, "यह कौन-सी सभा है?" उनके जिज्ञासा-भाव पर गम्भीर होकर नोबुल पुरस्कार पाए कुछ लोगों के नाम गिनाकर मैंने कहा, "ये सब उसी सभा के सदस्य हैं।" थानेदार साहब क्या समझे; वह जाने। मुझसे पूछा, "इस गाँव में कांग्रेस है?" मैंने सोचा—'युधिष्ठिर की तरह सत्य की रक्षा करूँ तो असत्य भाषण का पाप न लगेगा।' कहा, "इस गाँव के लोग तो कांग्रेस का मतलब भी नहीं जानते।" इतना कहकर मैंने सोचा—'अब ज्यादा बातचीत ठीक न होगी।' उठकर खड़ा हो गया, और थानेदार साहब से कहा, "अच्छा, मैं चलता हूँ। जरा डाकखाने में काम है। चिट्ठी-रसा हफ्ते में दो दिन गश्त पर आता है। मेरी जरूरी चिट्ठियाँ होती हैं और रजिस्ट्री, अखबार, मासिक पत्र-पत्रिकाएँ आती हैं, फिर उस गाँव में हम लोगों की लाइब्रेरी भी है, जाना पड़ता है।" थानेदार साहब ने पूछा, "कांग्रेस की चिट्ठियाँ आती हैं?" मैंने कहा, "नहीं, मेरी अपनी।" मैं चला आया। थानेदार साहब जमींदार साहब से शायद नाराज होकर गए।

इससे तो बचाव हुआ, पर मुकद्दमा चलता रहा। आनरेरी-मैजिस्ट्रेट ने, जिनके एक रिश्तेदार जमींदार की तरफ से वकील थे, किसानों पर जमींदार को डिगरी दे दी। बाद को चतुरी वगैरह की बारी आई। दावे दायर हो गए, अब तक जो सम्मिलित धन मुकद्दमों में लग रहा था, सब खर्च हो गया। पहले की डिगरी में कुछ लोगों के बैल वगैरह नीलाम कर लिए गए। लोग घबरा गए। चतुरी को मदद की आशा न रही। गाँववालों ने चतुरी आदि के लिए दोबारा चन्दा न लगाया।

चतुरी सूखकर मेरे सामने आकर खड़ा हुआ। मैंने कहा, "चतुरी, मैं शक्ति-भर तुम्हारी मदद करूँगा।"

"तुम कहाँ तक मदद करोगे, काका?" चतुरी जैसे कुएँ में डूबता हुआ उभड़ा।

"तो तुम्हारा क्या इरादा है?" उसे देखते हुए मैंने पूछा।

"मुकद्दमा लड़ूँगा। पर गाँववाले डर गए हैं, गवाही न देंगे।" दिल से बैठा हुआ चतुरी बोला।

उस परिस्थति पर मुझे भी निराशा हुई। उसी स्वर में मैंने पूछा, "फिर, चतुरी?"

चतुरी बोला, "फिर छेदनी-पिरकिया आदि मालिक ही ले लें।" मैंने गाँव में कुछ पक्के गवाह ठीक कर दिए। सत्तू बाँधकर, रेल छोड़कर, पैदल दस कोस उन्नाव चलकर, दूसरी पेशी के बाद पैदल ही लौटकर हँसता हुआ चतुरी बोला, "काका, जूता और पुरवाली बात अब्दुल-अर्ज में दर्ज नहीं है।"

सखी

आज थिएटर जाने की बात है। माडल हौसेज की छात्रा-तरुणियों में निश्चय हो गया है, सब एक साथ जाएँगी। निर्मला, माधवी, कमला, ललिता, शुभा और श्यामा आदि सज-सजकर एक दूसरी से मिलती हुई एकत्र होने लगीं। कमला के मकान में पहले से सबके मिलने का निश्चय हो चुका था। ज्योतिर्मयी उर्फ जोत अभी नहीं आई। समय थिएटर जाने का करीब आ गया।

ललिता बोली—"वह आज कॉलेज में इतनी खुश थी कि अवकाशवाली लड़कियों से गप लड़ाती, मजाक करती हुई, समय से पहले घर चली आई थी। पूरे उच्छ्वास से थिएटर चलना स्वीकार किया था। मैंने पूछा भी कि क्या है, जो आज जमीन पर कदम नहीं पड़ रहे हैं। जवाब न देकर मेरी ओर देखकर हँसने लगी।"

शुभा—"तो क्लास नहीं किया?"

"ना," ललिता बोली।

श्यामा—"मुझसे कहा कि पढ़ना-लिखना तो अब यहीं तक समझो।"

निर्मला–"क्यों, उसे कोई अड़चन तो है नहीं; फिर पढ़ाई क्यों बन्द कर रही है?"

श्यामा हँसने लगी। बोली, "वह कहती है, अब पढ़ना छोड़कर पढ़ाना पढ़ेगा, इसकी तैयारी करनी है।"

सब हँसती हुई एक दूसरों की ओर देखने लगीं।

माधवी–"इसका मतलब?"

श्यामा हँसकर बोली, "उसे बड़ी चिन्ता है कि शिक्षा आई.सी. एस. है।"

"अच्छा," कई एक साथ कह उठीं, "यह बात है?"

ललिता–"तो चलो, उसी के मकान से चला जाए। देखें, आपने अपनी तैयारी में कहाँ तक तरक्की की?"

सब जोत के मकान चलीं। सब आइसाबेला थार्बन कॉलेज की छात्राएँ हैं। कोई तीसरे, कोई चौथे, कोई छठे साल में है। जोत का तीसरा साल है।

घर पहुँचकर दंगल-का-दंगल जोत के कमरे में पैठा। वह जैसी जोत है, उसका पहनावा भी वैसा ही जगमगाता हुआ था। उस समय वह आईने के सामने खड़ी मुस्करा रही थी। एकाएक संगिनियों को देखकर लजा गई। बोली, "मुझे जरा देर हो गई।" वजह कोई न थी। सोचकर कुछ कह दे, हृदय और मस्तिष्क में उतनी जगह न थी...एक अजीब भाव में सारी देह भरी हुई थी, अतः देर के लिए दबानेवाले स्वर में भी उच्छ्वास उमड़ रहा था।

श्यामा बोली, "अब तो हर काम के लिए देर होगी। जल्दबाजी सिर्फ खास विद्यार्थी को अवैतनिक पढ़ाने के वक्त हो तो हो।"

सब हँसने लगीं। ललिता ने देखा–मेज पर एक खुला अंग्रेजी लिफाफा पड़ा हुआ है। उठा लिया।

उठाते ही जोत तीर-सी ललिता पर टूटी। पर श्यामा ने पकड़ लिया, "अरे-अरे, अभी से। अभी तो पढ़ने की दरख्वास्त मंजूर होने को आई होगी।"

ललिता ऊँचे स्वर में पढ़ने लगी। श्यामा जोत को पकड़े रही। चिट्ठी अंग्रेजी में थी। आवश्यकता से अधिक लम्बी। बायरन, शेली आदि के उद्धरण थे ही, विद्यापति भी नहीं बचे थे। पकड़ी हुई जोत खुशी में छलक रही थी।

पत्र समाप्त कर सब चलने को हुईं, अमीनाबाद से ताँगे कर लेंगी, एक जोत की मोटर में सब अट नहीं सकतीं, क्योंकि सामने ड्राइवर की वजह से सीट खाली रहेगी।

जोत को लीला की याद आई। बोली, "भई, लीला रही जाती है, उसे भी ले लें।"

"उससे चलने की बात तो हुई नहीं, वह शायद ही जाए।" माधवी बोली।

"पक्की कंजूस है। पैसा दाँत से पकड़ती है!" श्यामा ने कहा, "सौ रुपए कम-से-कम ट्यूशन से पाती है, पर हालत देखो, तो मालूम होगा महा-दरिद्र।"

जोत लजाकर बोली, "तुम्हें तो उसका जीवन-चरित्र लिखने को मिले, तो चौपट करके छोड़ो। हमारे कॉलेज में एक ही कैरेक्टर है। कहो तो, उसके यहाँ पैदा करनेवाला कौन है? ट्यूशन से अपना खर्च चलाती है, छोटे भाइयों को भी पढ़ाती है, साथ घर का खर्च भी है। बूढ़ी माँ को कोई तकलीफ न हो, इसके लिए बेचारी कितनी खटती है। मेहनत की मारी सूखकर काँटा हो रही है। चेहरे में आँखें ही आँखें तो हैं।"

लीला का घर आ गया। सब भीतर धँस गईं। लीला पढ़ रही थी।

जोत ने हाथ से किताब छीन ली, थप से मेज पर रखकर बोली, "मिस लैला, मजनू के मजमून में दीवानी न बनो। प्रेम का परिणाम बुरा होता है प्यारी! चलो, कलकत्ते से पारसी कम्पनी आई हुई है, वहाँ हम लोग धार्मिक शिक्षा ग्रहण करें।"

लीला जोत से दो साल आगे एम.ए. में है। जोत चंचल है। लीला क्षमा करती है। बड़ी-बड़ी सकरुण आँखों से देखती हुई बोली, "भाई, तुम लोग जाओ। मुझे इतना समय कहाँ?"

"समय नहीं, पैसे कहो।" श्यामा बोली।

"अच्छा, पैसे सही। कॉलेज के अलावा पाँच घंटे पढ़ाती हूँ। डॉक्टर साहब बड़े आदमी हैं। लड़कियों की पढ़ाई के लिए साठ देते हैं। मेरी हालत भी जानते हैं। ताअल्लुकदार रघुनाथसिंह की नई पत्नी को पढ़ाती हूँ, चालिस वहाँ मिलते हैं। इसी में घर का कुल खर्च है। इतने के बाद अपने पढ़ने के लिए भी समय निकालना पड़ता है। दिक्कत तुम लोग समझ सकती हो। ऐसी हालत में समय और पैसों की मुझे कितनी तंगदस्ती हो सकती है।"

"अच्छा, महाशयाजी, चलिए।" जोत बोली, "आपके लिए फ्री पास का प्रबन्ध हो जाएगा।"

"तुम तो आज म्यान से निकली तलवार-सी चमक रही हो, जोत! क्या खुशी है?" लीला ने धीर स्नेह-कंठ से पूछा।

"महाशयाजी, जो किसी के हलक से नीचे उतरकर सिर चढ़ी हो, वह शराब हैं यह अब।" मुस्कुराकर शुभा ने कहा।

"नहीं", कमला बोली, "अभी तो—देख लो न, इनकी तरफ—होंठों पर हँसी, आबरू पर खम, इसलिए इकरार भी है, इनकार भी है।"

"बात क्या है?" अनजान की तरह देखते हुए लीला ने पूछा।

"पूरा रहस्यवाद उर्फ छायावाद।" निर्मला ने कहा, "वाद-विवाद में देर हो रही है। प्रकाशवाद यह है कि इनके पास मिस्टर श्यामलाल आई.सी.एस. का पत्र आया है कि आप अगर मंजूर करें, आपको अपना सर्वस्व—तीन हजार मासिक—प्रेम की पर्मानेंट शिक्षा के लिए देकर मिस्ट्रेस बनने की प्रार्थना करता हूँ। अब तो आया समझ में?"

"तो क्या तुम्हारे पिताजी राजी हो गए?" लीला ने जोत से पूछा।

"खूब कही!" जोत बोली, "जहाँ आई.सी.एस. वर मिलता हो, वहाँ पिताजी खुद ब्याह करने को तैयार हो जाएँ।"

कमरा खिलखिलाहट से गूँज उठा।

"तुम लोग भई जाओ, माफ करो, मुझे समय नहीं।"

"नहीं महाशयाजी, आप तो फर्स्ट क्लास लें, अगर हम लोग वहीं पैर रगड़ते रहें, ऐसा नहीं होने का। आपको चलना होगा, कपड़े बदलिए।"

जोत लीला को प्यार करती है, सम्मान भी देती है। लीला भी जानती है, जोत की खुली जबान में हृदय की कीमती बहुत-सी चीजें खुली रहती हैं। इसलिए उसका प्रस्ताव मंजूर कर, कपड़े बदलकर साथ चल दी।

तीन बजे से पहले ही लीला का क्लास खत्म हो जाता है। वहाँ से वह तअल्लुकदार साहब की पत्नी को पढ़ाने के लिए भैंसाकुंड जाया करती है। रोज बहुत चलना पड़ता है। किसी तरह साइकिल खरीद सकती है। पर सीखने की लाज कि मैदान में मर्दों के सामने बेहयाई होगी, कौन पकड़कर चलाएगा, गिरूँगी तो लोग हँसेंगे आदि-आदि—बाधक होती है। इसलिए चलने की काफी मेहनत

गवारा करती है।

भैंसाकुंड से साढ़े-पाँच-छह के करीब लौटती हुई कई रोज से देखती है—दो मुसलमान उसका पीछा करते हैं। वे आपस में न जाने क्या बातचीत करते हैं। कभी-कभी पास आ जाते हैं। हृदय धड़कने लगता है। पर वह जल्द-जल्द चली आती है। ज्यों-ज्यों तेज चलती है, वे भी त्यों-त्यों तेज पीछा करते हैं। किससे कहे? भैंसाकुंड का बहुत-सा रास्ता बँगलों तथा बगीचों के कारण सुनसान निर्जन रहता है। धड़कते कलेजे से साधारण बस्ती के पास जाकर साँस लेती है।

मन-ही-मन अपनी असमर्थता पर लीला को बड़ा क्षोभ हुआ। दुर्बलों को सब सताते हैं। पर आप ही शान्त हो जाना पड़ा, क्योंकि अपनी हद में वही अपना उपाय सोचनेवाली थी। माता से नहीं कहा कि कहीं वह रोक न दें, खर्च के लिए फिर क्या होगा?

एक दिन लौटते हुए उन्हीं में से एक को अश्लील बकते हुए सुना— जैसे सुनाकर बातें कही जा रही हों। वह तेज कदम चलने लगी। वे भी उसी हिसाब से बढ़ते गए—तीन ही चार हाथ का फासला था। ऐसे समय उनके साहस की ऐसी बात उसने सुनी, जो उसकी मर्यादा के प्रतिकूल थी। भय से एक प्रकार दौड़ने लगी। सामने एक हैट-कोट पहने देशी साहब आते हुए दीख पड़े। लीला उनकी तरफ कुछ तेज बढ़ी। उन्हें देखकर बदमाश लौट गए। लीला उनके पास पहुँचकर हाँफती हुई बोली, "आज कई रोज से दो बदमाश मेरा पीछा करते हैं। मैं तअल्लुकदार रघुनाथसिंह की पत्नी को पढ़ाने जाती हूँ। लौटते समय राह पर मिल जाते हैं। मुझे ऐसी-ऐसी बातें आज कहीं—" कहकर अपने को सँभालने लगी।

बिजली की रोशनी में बड़ी-बड़ी आँखों से आँसू गिरते हुए देखकर साहब क्रोध से रास्ते की ओर देखने लगे। बोले, "वे लोग

मुझे देखकर भाग गए शायद। यह सामने मेरा ही बँगला है। आइए आपको मोटर पर भेज दूँ। कोई डर की बात नहीं।" साहब सोचते चले, पीछे-पीछे लीला।

अहाते के भीतर बगीचे के पास साहब खड़े हो गए। बँगले के सामने की बिजली से लीला का दुबला सुन्दर कुछ लम्बा गोरा मुख, बड़ी-बड़ी आँखें दीख रही हैं। साहब ने दुख के कारण चित्र का सौन्दर्य देखकर पूछा, "आपका शुभ नाम।"

"मुझे लीला कहते हैं।" निगाह झुकाती हुई लीला बोली।

"आप ही को अपनी सँभाल करनी पड़ती है; आप–आप शादीशुदा तो हैं?"

"जी नहीं, मैं आइसाबेला थार्बन कॉलेज की छात्रा हूँ।"

"किस क्लास में आप हैं?"

"एम.ए. में।" धीमे स्वर से कहकर समझ की लाजभरी पलकें झुका लीं।

कुछ आग्रह से साहब ने पूछा, "आप ब्राह्मण हैं?"

"जी नहीं, कायस्थ हूँ।"

"यहाँ कहाँ रहती हैं?"

"माडेल हौसेज में।"

साहब कुछ चौंके। पूछा, "आपके वहाँ कोई ज्योतिर्मयी रहती हैं। आपके कॉलेज की बी.ए. पहले साल की छात्रा हैं।"

लीला भी चौंकी। कुछ हिम्मत हुई। लजाकर पूछा, "जनाब का नाम?"

"मुझे श्यामलाल कहते हैं।–अरे ए, कार तो ले आने को कह दे।"

लीला का संकोच बहुत कुछ दूर हो गया। बोली, "हाँ, आपका

जिक्र मैंने सुना है।"

साहब की उत्सुकता बढ़ गई। बड़ी उतावली से पूछा, "कहाँ सुना?"

लीला मुस्कुराई। कहा, "जोत की सखियों से, उसकी एक चिट्ठी देखी थी।"

साहब उतरे स्वरों में बोले, "उसका कोई जवाब अभी नहीं मिला। उनके पिताजी मेरे विलायत रहते समय मेरे पिताजी से मिले थे। मेरे पास उनका चित्र गया था। विलायत से लौटकर एक पत्र में मैंने लिखा था अभी मैंने उन्हें देखा नहीं। तारीफ सुनी है।" कहकर साहब कुछ चिन्ता करने लगे।

मोटर आ गई।

मुस्कराकर लीला ने वादा किया कि वह जोत से पत्र लिखने के लिए कहेगी। साहब आँख झुकाए चुपचाप खड़े रहे। कुछ देर बाद बोले, "नहीं, आप ऐसा कुछ मत कहें।" फिर मोटर पर चढ़ने के लिए लीला को आमन्त्रित किया।

नमस्कार कर लीला बैठ गई। मोटर चल दी।

तीसरे दिन बाबू श्यामलाल को जोत का उत्तर मिला। लिखा था—

जनाब,

मैंने आपको जवाब इसलिए नहीं दिया कि जवाब देना सभ्यता के खिलाफ़ है। आज लीला दीदी से आपके मिलने की सांगोपांग बातें मालूम हुईं। जिस मजनू की जो लैला होती है, वह इसी तरह उसे अपने आप मिलती है। अपनी लैला की आप हमेशा रक्षा करें, आपसे सविनय मेरी प्रार्थना है। तब मेरा और आपका रिश्ता और मधुर हो

जाएगा, क्योंकि बहन जिसे ब्याहती है, वह अगर पत्नी की बहन को साली कह सकते हैं, तो पत्नी की बहन भी उन्हें वही पुरुष-सम्बोधन कर सकती है। आशा है, मेरा-आपका यह सम्बन्ध स्थायी होगा।

आपकी

जोत।

न्याय

अभी ऊषा की रेशमी लाल साड़ी प्रत्यक्ष हो रही है—भास्कर-मुख अपर प्रान्त की ओर है, केवल केशों की सघन व्योम-नीलिमा इधर से स्पष्ट। मुख का मृदु-स्पर्श, प्रकाश, लघुतम तूलि जैसे, पर दिगन्तशोभ से उतरकर तन्द्रा से अलस जीवों को जगा रहा है। खिली अमलतास की हेमांगी शाखाएँ तरुणी-बलिकाओं-सी स्वागत के लिए सजकर खड़ी हैं। पवन पुनः-पुनः ऊषा का दर्शन शुभ-मधुर सन्देश दे रहा है। निबिड़ नीड़ाश्रय से विहंग प्रभाती गा रहे हैं।

इस सुख के समय गोमती-तट से क्षिप्र गति में दो-एक भ्रमणशील शिक्षित युवक शंकाकुल लौटते हुए देख पड़ते हैं, जैसे शीघ्र घर लौटकर भ्रमण के लिए जाने का सत्य भी छिपाना चाहते हों। भय और उद्वेग का अशुभ कारण कोई किसी से नहीं कह रहा।

उसी रास्ते के दूसरी ओर वकील लाला महेश्वरीप्रसाद रहते हैं। रोज सुबह उसी रास्ते घड़ी और छड़ी लेकर टहलने जाते हैं। उधर चले, तो लौटनेवाले एक अनजाने आदमी को देखकर मन में चौंके।

उससे घबराकर चलने का कारण डरते-डरते पूछा। उत्तर में, सँभलकर उसने कहा, "आपको भ्रम हो रहा है, मैं घबराने क्यों लगा?"—फिर अपना रास्ता नापा। वकील महेश्वरीप्रसाद आगे बढ़े। गोमती के किनारे कुछ दूर जाने पर बड़ी करुण आवाज आई, "भैया! मुझे निकाल लो, तीन आदमी सुन-सुनकर चले गए, दया करो, मैं आप नहीं निकल सकता, जख्मी हूँ, रात को मारकर डाल दिया है बदमाशों ने।"

वकील साहब के कलेजे में हूक-सी लगी। उल्टे पैर भगे। उसका बँगला पास ही था। रास्ता छोड़कर खेतों से दौड़े। एक दूसरे बँगले से एक युवक उनकी चाल देखकर हँस रहा था। हाथ के इशारे से वकील साहब ने उसे पास बुलाया। युवक चला गया। घबराए हुए गोमती की तरफ उँगली उठाकर वकील साहब ने कहा, "वहाँ जाओ, देखो।" कहकर बँगले की तरफ बढ़े। युवक गोमती की तरफ गया।

घायल की दशा देखकर युवक को दया आ गई। उसके सीने में दोनों तरफ से छुरा भोंका गया था। गोमती के प्रवाह से देह का तमाम खून बह गया था। पर वह साधारण मनुष्य से ज्यादा सचेत था, आवाज ज्यादा साफ। वीर कर्तव्य की ओर देखता है, काल्पनिक भविष्य-विपत्ति की ओर नहीं। उस घायल की रक्षा के लिए उसके विशाल हृदय में सहानुभूति पैदा हुई, व्यायाम से कसी बाँहें अपनी ही शक्ति के वासस्थल तक ले जाने को फड़कने लगीं। आँखों ने अपने भाई को देखा।

एक हाथ जाँघों से, एक गर्दन से लगाकर अनायास युवक उसे निकालकर अपने डेरे को ले चला। जल से निकलते ही घावों की पीड़ा से घायल चीत्कार करने लगा। नजदीक ही युवक का डेरा था।

अपने बिस्तर पर ले जाकर लेटा दिया। कपड़े की रगड़ से पीड़ा बढ़ रही थी, घायल ने उतार देने के लिए कहा, सँभालकर युवक ने एक-एक कपड़े उतार दिए।

फिर कागज लेकर उसके बयान लिखने लगा। घायल को बेहोशी आ रही थी, कहते-कहते भूल जाता था। कुछ असम्बद्ध उक्तियाँ युवक ने लिख लीं। घायल मूर्च्छित हो गया।

युवक व्यग्रता से निश्चय न कर सका कि क्या करे, पहले थाने में रिपोर्ट लिखवाए या अस्पताल ले जाए। घायल की प्रति-मुहूर्त बढ़ती हुई बुरी हालत एक बार उसे थाने की ओर ढकेलती, फिर अस्पताल की ओर। अन्त में अस्पताल ले जाने का निश्चय किया। पास एक रईस रहते थे। उनके यहाँ जाकर उसने कुल किस्सा बयान किया और उनकी मोटर माँगी। उन्होंने घड़ी देखकर कहा, ''सिर्फ छह मिनट समय रह गया है, हमें डिप्टी कमिश्नर साहब से मिलने के लिए जाना है।'' कहकर निगाह फेर ली। एक बार उनकी तरफ देखकर युवक अपने कमरे में चला गया। उस बँगले में 3-4 भले आदमी किराए पर रहते थे। जब घायल को लेकर युवक आया था, तब वे लोग थे, घायल के मौन होते ही सब लोग उसकी साँसों से जाग्रत बँगले के शरीर से स्वप्न की तरह अदृश्य हो गए। घबराया हुआ युवक रास्ते पर आकर खड़ा हुआ। एक खाली ताँगा सवारी छोड़कर कार्लटन होटल से निकला। कुछ हाल न कहकर युवक ने ताँगा बुला लिया। बँगले जाकर ताँगेवाला जख्मी को देखते ही बिगड़कर बोला, ''आप हमें फँसाना चाहते हैं? यह रास्ते-भर को भी तो न होगा।'' कहकर उसने अपना ताँगा

बढ़ाया। युवक को काठ मार गया। कुछ देर बाद खड़ा कवियों के स्वर्गतुल्य, अप्सराओं के नपुरों से मुखर, इस मनोहर संसार को भावना की अचपल दृष्टि से देखता रहा, फिर घायल के पास गया। देखा, सब खेल खत्म हो चुका है। साँस देखी, नाड़ी देखी, कहीं से भी उसके अस्तित्व का प्रमाण नहीं मिल रहा है। सूख गया। सिर्फ उसका नौकर मालिक की आज्ञा-पूर्ति के लिए मुस्तैद उसकी तरफ देख रहा था। हताश होकर युवक कुर्सी पर बैठ गया। एक चिट्ठी लिखकर नौकर से 'वसन्तावास' दे आने के लिए कहा। नौकर चिट्ठी लेकर गया, युवक थाने की ओर चला।

रिपोर्ट अधूरी और ऐसी थी कि साथ-साथ दारोगाजी की तहकीकात की जरूरत हुई। वह युवक के साथ हो लिए। बँगले पहुँचकर देखा, एक लाश पलँग पर पड़ी है, सीने में दोनों तरफ से छुरे की तरह कोई अस्त्र भोंका गया है।

पूरी मुस्तैदी से गोमती-तट, मृतक के लेटने की विधि आदि की परीक्षा कर, निर्भय, निश्चिन्त होकर दारोगाजी कुर्सी पर बैठ गए और गम्भीर प्रभावोत्पादक स्वर से पुनः पूछने और बयान लिखने लगे।

"आपने इसे कहाँ देखा है?"

"एक बार कह चुका हूँ।"

"आप वहाँ कैसे गए?"

"मुझसे वकील बाबू महेश्वरीप्रसाद ने कहा। वह उस तरफवाले बँगले में रहते हैं।"

थानेदार साहब ने बाबू महेश्वरीप्रसाद को कारण बताकर ले आने के लिए कान्स्टेबिल को भेज दिया।

"फिर आपने क्या किया?"

"मैं इसे उठा लाया, यह निकाल देने के लिए मुझे देखते ही पुकारकर कहने लगा था।"

"आप कैसे ले आए?"

"बाँहों पर उठाकर।"

दारोगाजी ने एक बार युवक के पुष्ट शरीर को देखा।

"फिर आपने क्या किया?"

"इसके कहने पर कपड़े उतारे, फिर पूछ-पूछकर बयान लिखने लगा।"

"दिखलाइए वह कागज।"

युवक ने कागज दे दिया। पढ़कर थानेदार साहब जामे से बाहर हो गए। डाँटकर कहा, "यह कोई बयान है? नाम है किरिश्नाचरन (कृष्णचरन), बस, बाप का नाम? कौम?"

"कौम के लिए मैं पूछ रहा था, पर वह बोल नहीं सका।"

पूरे सन्देह की दृष्टि से थानेदार साहब ने युवक को देखा। व्यंग्य करते हुए बोले, "आप जब गए थे, तब पानी में डूबा हुआ यह साफ आवाज निकाल रहा था, पर आपके यहाँ आते ही इसकी जबान में ताला पड़ गया।"

युवक ने भी व्यंग्य किया, "जी हाँ, जब यहाँ मरा पड़ा है, तो वहाँ भी क्यों न मरा पड़ा होगा?"

क्रूर दृष्टि से थानेदार साहब ने युवक को घूरा। कहा, "और 'चौक से आ'–इसके क्या मानी?"

"यह मैं क्या बताऊँ? मैंने पूछा था, वह सवाल ऊपर लिखा हुआ है कि तुम कैसे मारे गए, तो 'चौक से आ' कहकर चुप हो गया।"

"फिर 'किसने मारा?'—'मह'। 'मह' ने मारा? 'मह' क्या बला है?"

युवक थानेदार साहब की स्वगतोक्ति सुनकर मन-ही-मन भारतवर्ष की पुलिस के साथ विलायत की पुलिस को मिला रहा था, इसी समय सिपाही बाबू महेश्वरीप्रसाद के यहाँ से संवाद लेकर लौटा, दारोगाजी से कहा, "बाबू महेश्वरीप्रसाद बँगले में नहीं हैं, उनके नौकर ने कहा है, कल अदालत से लौटकर शामवाली गाड़ी से वकील साहब घर गए हैं।"

थानेदार साहब की शंका बढ़ गई। पर रह-रहकर सोच रहे थे— 'इसने वकील साहब का नाम क्यों लिया?' समाधान करते थे— 'मुमकिन है, किसी दुश्मन पर होनेवाली वारदात के लिए वकील ने पहले से कह रक्खा हो कि हम ऐसा कह देंगे, तो तुम छूट जाओगे।' निश्चय किया— 'यह जैसा तगड़ा है, यह अकेला भी इसे मार सकता है।'

मन में विश्वास भर गया, इसलिए स्वर भी शंका के बाद निश्चय में बदल गया, मृतक के कपड़ों की जाँच करते हुए दारोगाजी को जेब में जनेऊ मिला। निश्चय पर जोर पड़ा—यह जनेऊ छिपाया गया है। पूछा, "यह जनेऊ किसने निकाला?"

"मुझे नहीं मालूम।"

दारोगाजी ने गम्भीर होकर पूछा, "फिर आपको क्या मालूम है?"

युवक क्रोध से चुप हो गया। दारोगाजी ने पूछा, "तो आपने फिर क्या किया?"

युवक ने सोचा—'अब मोटरवाली बात कहता हूँ, तो सम्भव है, मोटर-मालिक वकील साहब कीं तरह उस समय मौजूद न रहें।' फिर

कहा, "फिर अस्पताल ले जाने के लिए रास्ते से एक ताँगा ले आया, पर ताँगेवाले ने ले जाना मंजूर न किया।"

"वह कितने नम्बर का ताँगा था?" जमकर दारोगाजी ने पूछा।

"मुझे मालूम तो था नहीं आप नम्बर पूछेंगे।"

दारोगाजी गौर करने लगे। युवक दोषी है, ऐसा प्रमाण तो न था, पर निर्दोष है, ऐसा भी प्रमाण न था, बल्कि एक झूठ साबित हो चुका है। ऐसी हालत में सन्देह को ही श्रेय देना उचित है। हत्या का एक विश्वसनीय कारण पुलिस को दिखाना पड़ता है, यदि प्रमाण अप्राप्य रह गया।

थाने में रिपोर्ट लिखाने के समय युवक नाम-धाम आदि लिखा चुका था, पर इस समय दारोगाजी ने फिर उससे कुछ ऐसे प्रश्न किए। वह कौन है, इस प्रश्न का बहुत ही संक्षिप्त उत्तर सभ्यता के विचार से ह्रस्व स्वरों में उसने दिया। अतः उसकी स्थिति का भी कोई प्रभाव थानेदार साहब पर न पड़ा। फिर पढ़े-लिखे युवकों द्वारा हुई हत्या के कारण हैं भी—कुछ ऐसा इनमें भी रहस्य सम्भव है।

सोच-विचारकर दारोगाजी पंचनामे की कार्रवाई पूरी करने लगे। इस सम्बन्ध में अपने को बिलकुल अनभिज्ञ बतलानेवाले कुछ पंच भी मिले। इसी समय सिपाहियों की ओर थानेदार साहब ने एक इशारा किया। सिपाही युवक को चारों ओर से घेरे हुए खड़े थे। इशारा पाकर बाँध लिया। पंच डरे हुए काम के बहाने, चलने को हुए। लाश की हालत और युवक के कमरे की चीजें लिखकर पंचों के दस्तखत कराकर ताला लगा दिया गया।

युवक ने शून्य दृष्टि से एक बार थानेदार साहब को, फिर आकाश की ओर देखा।

न्याय

हत्या का करण और कारण एक साथ लेकर थानेदार साहब थाने के लिए रवाना हुए।

थाने पहुँचे ही थे कि ताँगे से उतरकर इक्कीस-बाईस साल की एक सुन्दरी दारोगाजी की कुर्सी की ओर बढ़ती नजर आई। केश-वेश अत्यन्त आधुनिक। चाल-ढाल संकोच से सोलहो आने रहित। दारोगाजी को रास्ते में छोड़कर थाने में ऐसा चमत्कार कभी नहीं देख पड़ा। युवती सीधे दारोगाजी के सामने जा, उन्हीं से पूछने लगी, "मुझे थाने के इंचार्ज दारोगाजी की सख्त जरूरत है, क्या आप बतला सकेंगे—वह कहाँ मिल सकते हैं?"

"हाँ फर्माइए।"

"अच्छा, आप हैं, पोशीदा बातचीत है।" युवती मुस्कराई।

थानेदार साहब ने एकान्त कर लिया।

साग्रह देखते हुए दारोगाजी से युवती ने कहा, "आपने राजीव को गिरफ्तार किया है, पर वह बेकुसूर है।"

"कोई सुबूत तो नहीं।"

"मैं गोमती-किनारे से टहलती हुई आ रही थी, वकील महेश्वरीप्रसाद राजीव को उधर जाकर देखने के लिए कह रहे थे, और खुद डरे हुए कमरे की तरफ जा रहे थे।"

कुछ सोचकर दारोगाजी ने कहा, "वह कल शाम को घर चले गए हैं, उनके नौकर से मालूम हुआ।"

"अच्छा, मैं बहुत ज्यादा कुछ नहीं कहना चाहती। मेरे पास तीस गवाह हैं, लेडीज और जैंटिलमेन, अदालत में आपको मालूम हो जाएगा, साढ़े नौ बजे रात को कल मैं अपनी तीन सखियों और दो

मित्रों के साथ छतरमंजिल की तरफ से आ रही थी, एक आदमी हम लोगों को देखकर भगा। हमें शक हुआ, हमारे साथ के मित्रों ने दौड़कर उसे पकड़ा। उसकी कमर में सात सौ रुपए थे, कुर्ता नहीं पहने था, अब मालूम होता है–खून के धब्बों की वजह से कुर्ता कहीं फेंक दिया था। वही खूनी रहा होगा, मेरे मित्र बदमाश समझकर यहाँ ले आए, आपका नाम लेकर कहते थे कि दारोगाजी ने देखकर उसे पहचान लिया–वह चौक का भागा हुआ बदमाश महताबअली था। जान पड़ता है, आपने उसे छोड़ दिया, अच्छा, देखा जाएगा।" कहकर लापरवाही से युवती उठी।

दारोगाजी सूख गए। घबराकर बोले, "यह सरासर झूठ है।"

चलती हुई युवती बोली, "आपके इस मुकदमे की तरह अदालत में यह भी सच साबित हो सकता है। मगर हाँ, तब आपके सुबूत से यह ज्यादा सही साबित होगा।" एड़ी के बल ज़रा लौटकर युवती बोली, "और बहुत-सी बातें हैं, आपने जिसे गिरफ्तार किया है, आप जानते नहीं, यह कितना बड़ा इज्जत का आदमी है।"

युवती फिर बढ़ी, तो दारोगाजी ने बड़े विनयपूर्ण शब्दों से बुलाया। युवती लौट पड़ी। पास आने पर पूछा, "वे आपके कोई होते हैं?"

"मेरे कोई होते, तो मेरे यहाँ आने की जरूरत क्या थी?"

इस अद्‌भुत स्त्री की ओर देखकर दारोगाजी ने कैदी को छोड़ देने के लिए कहा।

ताँगे पर बैठकर प्रतिमा ने राजीव से कहा, "पूरा प्लान तुम्हारी चिट्‌ठी पर तैयार किया। तुमने लिखा भी खूब था। सिर्फ महताब के लिए रिसर्च करते कुछ देर लगी थी, यानी जितनी देर ताँगेवाले से बातचीत करने में लगेगी। यह रिसर्च हो सकता है।"

थानेदार साहब ने लिखा, "जान पड़ता है, यह कोई क्रान्तिकारी था, बम लिए जा रहा था, एकाएक बम के धड़ाके से काम आ गया है।"

डॉक्टर की परीक्षा में जख्मों के भीतर से सीसे के कुछ नुकीले टुकड़े भी मिले।

राजा साहब को ठेंगा दिखाया

लोग कहते हैं, ऐसा लिखा जाए कि एक मतलब हो, उसी वक्त समझ में आ जाए, अपढ़ लोग भी समझें। बात बहुत सीधी है। मुझे एक उदाहरण याद आया। लिखता हूँ। यह लिखा हुआ, उद्धृत नहीं, देखा हुआ है। तब तक आप लोग ठेंगा दिखाने का मुहावरा याद रखें।

बंगाल और उड़ीसा को जोड़नेवाली एक नहर है। रूपनारायण (नद) से काटकर कटक तक निकाली गई है। यह केवल आबपाशी के लिए नहीं, इससे व्यवसाय भी होता है, बड़ी-बड़ी नावें चलती हैं।

इसके किनारे पद्मदल राजधानी है। राजा साहब के छोटे-छोटे स्टीमर, बोट, लांच, बजरे, किश्ती, डोंगी आदि राजधानी के पास चौड़ी की हुई नहर के एक तरफ बँधी रहती हैं।

जेठ का महीना, सूरज डूब रहा है। जोरों से बहती हुई मलय वायु में षोडशी का स्पर्श मिलता है। यह अकेली दक्षिणी हवा बंगाल की आधी कविता है। प्रासाद-शिखरों से सुनहली किरणें लिपटी हैं, उन्हीं के प्रेम की साँस जैसे दक्षिणी हवा में बह रही है। बड़े-बड़े तालाबों में श्वेत और रक्त कमल, खुले हुए अनुभव-जैसे, लोट रहे

हैं। स्वच्छ, कीमती, चौड़ी किनारीवाली, बारीक, ठोस-बुनी, बंगला-ढंग से कोंछीदार शान्तिपुरी धोती, रेशमी शर्ट और सुनहरे स्लीपर पहने चश्मा लगाए राजा साहब नाव की सैर के लिए चले। रास्ते में तीन ड्योढ़ियाँ पड़ती हैं, हौदा-क़से हाथियों के निकलते आधी और ऊँची; रास्ते के दोनों तरफ बड़े-बड़े तालाब; साफ-सुथरे दूब जमाए पार्क; दोनों बगल बटम-पाम की कतारें, दूर के देशी बगीचों से बेला, जूही और कमलों की खुशबू आती हुई। पहली ड्योढ़ी में बैठे हुए राजा साहब के मुसाहब उनके आने पर कतार बाँधकर भक्तिपूर्वक प्रणाम करके उद्दंड प्रसन्नता के साथ हो गए। अर्दली, सिपाही, खानखामे प्रासाद से आए थे। पहली, दूसरी और तीसरी ड्योढ़ी के सिपाही क्रमशः किर्च निकाल-निकालकर, राजा साहब को बाएँ रखकर दाहिने हाथ से सलामी देते गए। तीसरी ड्योढ़ी प्रासाद के अहाते को घेरनेवाली जलाशय चौड़ी खाई के किनारे है—खाई के ऊपर से पुल है।

राजा साहब निकलकर नहर-घाट की तरफ चले। स्टीमर, लांच मोटर-बोट और देशी किश्तीवाले मुसलमान नौकर कप्तान और माझियों ने भी उसी प्रकार कतार बाँधकर सलाम किया। राजा साहब खुली छतवाली एक अंग्रेजी कट की देशी किश्ती पर पतवार पकड़कर बैठ गए। पीछे-पीछे मनोरंजन के लिए पले पहलवान-जैसे मुसाहब आकर एक-एक तख्ते पर डाँड़ सँभालकर बैठे। माझी खड़े रहे। सिपाही और अर्दली नहर के किनारे-किनारे बोट के साथ दौड़ लगाकर रहने के लिए लाँग समेटने लगे। किश्ती चली, किनारे-किनारे सिपाही दौड़े।

डेढ़ मील के फासले पर शक्तिपुर नाम का एक बागी गाँव है। वहाँ विश्वम्भर भट्टाचार्य नाम का एक ब्राह्मण रहता है। राजा साहब

कई रोज से किश्ती पर हवाखोरी करते हैं, देखकर, सोच-विचारकर लाँग चढ़ाकर, अपने गाँव के पास नहर के बाँध पर खड़ा विश्वम्भर राजा साहब की प्रतीक्षा कर रहा है।

सिपाही लोग दौड़कर कुछ ही दूर तक साथ रहते हैं, आठ-आठ दस-दस पट्ठों की डाँड़मारी किश्ती तीर-सी चलती है, तीन-चार फर्लांग के बाद सिपाहियों का दम खुल जाता है, किश्ती आगे निकल जाती है, वे पीछे-पीछे लट्ठ लिए दुलकी दौड़ते आते हैं।

जब शक्तिपुर के पास किश्ती पहुँची, तब सिपाही तीन-चार फर्लांग पीछे थे। विश्वम्भर राजा साहब की ताक में खड़ा ही था; जब किश्ती आती हुई सौ गज फासले पर रह गई, तब उसने एक अद्भुत प्रकार की ध्वनि की, जिससे राजा साहब का ध्यान आकर्षित हो। राजा साहब को अपनी तरफ देखते हुए देखकर उसने हवा में उँगली से लिखकर राजा साहब की ओर कोंचा, फिर पेट खलाकर दोनों हाथों को मरोड़ा, फिर दाहिने हाथ से मुँह थपथपाया, फिर दोनों हाथों के ठेंगे हिलाकर राजा साहब को दिखाया।

राजा साहब देख रहे थे। डाँड़ धीमे कर देने का कहा। फिरकर देखा, सिपाही दूर थे। किश्ती धीरे-धीरे चलती रही। विश्वम्भर पीछे-पीछे दोनों हाथों से पेट दिखाता, ठेंगे हिलाता दौड़ा। राजा साहब जब सिपाहियों को फिरकर देखते थे, तब पहले विश्वम्भर ठेंगे हिलाता हुआ देख पड़ता था। बाँध पर और भी आ-जा रहे थे। कुछ भले आदमी हवाखोरी को निकले हुए मुस्कुरा रहे थे। किश्ती की चाल धीमी देखकर सिपाहियों ने जल्दी की। नजदीक आकर एक अनजाने को बेअदबी करते देखकर राजा साहब की तरफ देखा। राजा साहब ने इशारे से सिर हिलाया। सिपाही विश्वम्भर को पकड़कर प्रहार करने लगे। किश्ती लौट चली।

सिपाहियों ने आते हुए विश्वम्भर की मुद्राएँ देखी थीं, जिनका अर्थ समझने में उन्हें देर नहीं हुई। उसे मारते हुए कहने लगे, "क्यों रे...हमारे महाराज रियाया की जबान बन्द करते हैं?–पेट भी मारते हैं?–ठेंगा दिखाता है हमारे महाराज को इतना भी नहीं समझता?"

विश्वम्भर को पीटकर दोनों गदोरी और उँगलियाँ कुचलकर सिपाही चले गए। खबर विश्वम्भर के घर पहुँची। उसकी पत्नी, सत्रह साल की विधवा बेटी और दो (नौ और पाँच साल के) छोटे लड़के फटे कपड़े पहने, रोते हुए बाँध पर पहुँचे। गाँव के और भी लोग गए। विश्वम्भर को सँभालकर उठा लाए। खाट पर लिटा दिया। गर्म हल्दी-चूना लगाने लगे। राजा साहब के जासूस छद्मवेश से पता लगाते रहे।

गाँव के कुछ भलेमानस गर्म पड़े। पर कुछ कर न सके। राजा साहब का प्रताप बड़ा प्रबल है। उनके विरोध में कुछ करने की अपेक्षा विश्वम्भर के समर्थन में कुछ करना अच्छा है, यह सोचकर उसी की सेवा करने लगे।

विश्वम्भर बड़ा सीधा, सच्चा ब्राह्मण है। विशेष पढ़ा-लिखा नहीं, किसी तरह पूजा कर लेता था। शक्तिपुर से तीन कोस दूर रंगनगर में राज्य की विशालाक्षी देवी हैं। विश्वम्भर इनका पूजक है। तीन रुपया महीना और रोज पूजा के लिए तीन पाव चावल और चार केले पाता है। घर में पाँच आदमी खानेवाले हैं। बड़े दुःख के दिन होते हैं। इधर बीस महीने से उसे वेतन नहीं मिलता। केवल तीन पाव चावल का सहारा रहा। कुछ और काम वह, उसकी पत्नी और बेटी, तीनों अलग-अलग कर लेते थे। फिर भी पेटभर को न होता था। विश्वम्भर ने तनख्वाह के लिए इधर सालभर में दो दर्जन से ज्यादा दरख्वास्तें दी थीं, पर सुनवाई नहीं हुई। इस बार प्राणों की भाषा में

उसने अपने भाव प्रकट किए थे—हवा में लिखकर, कोंचकर बताया था, तुम्हें लिख चुका हूँ, पेट मलकर कहा था, भूखों मर रहा हूँ; मुँह थपथपाकर और ठेंगे हिलाकर बतलाया था, खाने को कुछ नहीं है। उतने प्रकाश में, इतनी स्पष्ट भाषा में समझाया था, पर राजा साहब ने अपमान समझा। सिपाहियों ने दूसरे अर्थ लगाए।

जासूसों ने राजा साहब को समझाया कि शक्तिपुर के बागी विश्वम्भर से मिले हैं, उन्होंने उसे बेवकूफ जानकर महाराज का उससे अपमान कराया। विश्वम्भर सरकार की नौकरी का ख्याल छोड़कर बागियों से मिला है। जासूसों ने इस प्रकार अपनी रोटियों का प्रबन्ध किया।

कुछ दिनों बाद, घाव पुरने पर स्टेट की तरफ से विश्वम्भर को आज्ञा-पत्र मिला, "अब तुम्हारी नौकरी की सरकार को आवश्यकता नहीं रही।"

देवी

बारह साल तक मकड़े की तरह शब्दों का जाल बुनता हुआ मैं मक्खियाँ मारता रहा। मुझे यह ख्याल था कि मैं साहित्य की रक्षा के लिए चक्रव्यूह तैयार कर रहा हूँ। इससे उसका निवेश भी सुन्दर होगा और उसकी शक्ति का संचालन भी ठीक-ठीक। पर लोगों को अपने फँस जाने का डर होता था, इसलिए इसका फल उलटा हुआ। जब मैं उन्हें साहित्य के स्वर्ग ले चलने की बातें कहता था, तब वे अपने मरने की बातें सोचते थे; यह भ्रम था। इसलिए मेरी कद्र नहीं हुई। मुझे बराबर पेट के लाले रहे। पर फाके-मस्ती में भी मैं परियों के ख्वाब देखता रहा—इस तरह अपनी तरफ से मैं जितना लोगों को ऊँचा उठाने की कोशिश करता गया, लोग उतना मुझे उतारने पर तुले रहे और चूँकि मैं साहित्य को नरक से स्वर्ग बना रहा था, इसीलिए मेरी दुनिया भी मुझसे दूर होती गई, अब मौत से जैसे दूसरी दुनिया में जाकर मैं उसे लाश की तरह देखता होऊँ। ''दूबर होत नहीं कबहूँ पकवान के विप्र, मसान के कूकर'' की सार्थकता मैंने दूसरे मित्रों में देखी, जिनकी निगाह दूसरों की दुनिया की लाश पर थी।

वे पहले फटीचर थे, पर अब अमीर बन गए हैं, दोमंजिला मकान खड़ा कर लिया है, मोटर पर सैर करते हैं। मुझे देखते हैं, जैसे मेरा-उनका नौकर-मालिक का रिश्ता हो। नक्की स्वरों में कहते हैं—'हाँ, अच्छा आदमी है, जरा सनकी है।' फिर बड़े गहरे पैठकर मित्र के साथ हँसते हैं। वे उतनी दूर बढ़ गए हैं, मैं जिस रास्ते पर था, उसी पर खड़ा हूँ। जिसके लिए मेरी इतनी बदनामी हुई, दुनिया से मेरा नाम उठ जाने को हुआ, जो कुछ था, चला गया, उस कविता को जीते-जी मुझे भी छोड़ देना चाहिए। जिसे लोग खुराफात समझते हैं, उसे न लिखना हो तो लोगों की समझ की सच्ची समझ होगी? रतिशास्त्र, वनिता-विनोद, काम-कल्याण में मश्क करते कौन देर लगती है? चार किताबों की रूह छानकर एक किताब लिख दूँगा। 'सीता', 'सावित्री', 'दमयन्ती' आदि की पावन कथाएँ आँख मूँदकर लिख सकता हूँ। तब बीवी के हाथ 'सीता' और 'सावित्री' आदि देकर बगल में, 'चौरासी आसन' दबानेवाले दिल से नाराज न होंगे। उनकी इस भारतीय संस्कृति को बिगाड़ने की कोशिश करके ही बिगड़ा हूँ। अब जरूर सँभलूँगा। राम-श्याम जो-जो थे पूजने-पुजानेवाले, सब बड़े आदमी थे। बगैर बड़प्पन के तारीफ कैसी? बिना राजा हुए राजर्षि होने की गुंजाइश नहीं, न ब्राह्मण हुए बगैर ब्रह्मर्षि होने की है। वैश्यर्षि या शुद्रार्षि कोई था, इतिहास नहीं, शास्त्रों में भी प्रमाण नहीं, अर्थात् नहीं हो सकता। बात यह कि बड़प्पन चाहिए। बड़ा राज्य, ऐश्वर्य, बड़े पोथे, तोप, तलवार, गोले-बारूद, बन्दूक-किर्च, रेल-तार, जंगी जहाज, टारपेडो, माइन, सबमेरीन- गैस, पल्टन-पुलिस, अट्टालिका-उपवन आदि-आदि सब बड़े- बड़े—इतने कि वहाँ तक आँख नहीं फैलती, इसलिए कि छोटे समझें कि वे कितने छोटे हैं। चन्द्र, सूर्य, वरुण, कुबेर, यम, जयन्त, इन्द्र, ब्रह्म, महेश तक

बाकायदा बाहिसाब ईश्वर के यहाँ भी छोटे से बड़े तक मेल मिला हुआ है।

होटल के बरामदे में एक आराम-कुर्सी पर पैर फैलाकर लेटा हुआ इस तरह के विचारों से मैं अपनी किस्मत ठोंक रहा था। चूँकि यह तैयारी के बाद का भाषण न था, इसलिए इसके भाव में बेभाव की बहुत पड़ी होंगी, आप लोग सँभाल लीजिएगा। बड़े होने के ख्याल से ही मेरी नसें तन गईं, और नाम-मात्र के अद्‌भुत प्रभाव से मैं उठकर रीढ़ सीधी कर बैठ गया। सड़क की तरफ बड़े गर्व से देखा, जैसे कुछ कसर रहने पर भी बहुत कुछ बड़ा आदमी बन गया होऊँ। मेरी नजर एक स्त्री पर पड़ी।

वह रास्ते के किनारे बैठी थी, एक फटी धोती पहने हुए। बाल कटे हुए। तअज्जुब की निगाह से आने-जानेवालों को देख रही थी। तमाम चेहरे पर स्याही फिरी हुई। भीतर से एक बड़ी तेज भावना निकल रही थी, जिसमें साफ लिखा था–'यह क्या है?' उम्र पच्चीस साल से कम। दोनों स्तन खुले हुए। प्रकृति की मारों से लड़ती हुई, मुरझाकर, मुमकिन है किसी को पच्चीस साल से कुछ ज्यादा जँचे, पास एक लड़का डेढ़ साल का खेलता हुआ, संसार की स्त्रियों की एक भी भावना नहीं, उसे देखते ही मेरे बड़प्पनवाले भाव उसी में समा गए, और फिर वही छुटपन सवार हो गया। मैं उसी की चिन्ता करने लगा–'यह कौन है, हिन्दू या मुसलमान? इसके एक बच्चा भी है। पर इन दोनों का भविष्य क्या होगा? बच्चे की शिक्षा, परवरिश क्या इसी तरह रास्ते पर होगी। यह क्या सोचती होगी, ईश्वर, संसार, धर्म और मनुष्यता के सम्बन्ध में?'

इसी समय होटल के नौकर को मैंने बुलाया। उसका नाम है संगमलाल। मैं उसे संग-मलाल कहकर पुकारता था। आने पर मैंने

उससे उस स्त्री की बाबत पूछा। संगमलाल मुझे देखकर मुस्कुराया। बोला, "वह तो पागल है, और गूँगी भी है, बाबू। आप लोगों की थालियों से बची रोटियाँ दे दी जाती हैं।" कहकर हँसता हुआ बात को अनावश्यक जानकर अपने काम पर चला गया।

मेरी बड़प्पनवाली भावना को इस स्त्री के भाव ने पूरा-पूरा परास्त कर दिया। मैं बड़ा हो भी जाऊँ, मगर इस स्त्री के लिए कोई उम्मीद नहीं। इसकी किस्मत पलट नहीं सकती। ज्योतिष का सुख-दुख-चक्र इसके जीवन में अचल हो गया है। सहते-सहते अब दुख का अस्तित्व इसके पास न होगा। पेड़ की छाँह या किसी खाली बरामदे में दोपहर की लू में, ऐसी ही एकटक कभी-कभी आकाश को बैठी हुई देख लेती होगी। मुमकिन है, इसके बच्चे की हँसी उस समय उसे ठंडक पहुँचाती हो। आज तक कितने वर्षा-ग्रीष्म इसने झेले हैं, पता नहीं। लोग नेपोलियन की वीरता की प्रशंसा करते हैं। पर यह कितनी बड़ी शक्ति है, कोई नहीं सोचता। सब इसे पगली कहते हैं, पर इसके इस परिवर्तन के क्या वही लोग कारण नहीं? किसे क्या देकर, किससे क्या लेकर लोग बनते-बिगड़ते हैं, यह सूक्ष्म बातें कौन समझा सकता है? यह पगली भी क्या अपने बच्चे की तरह रास्ते पर पली है? सम्भव है, पहले सिर्फ गूँगी रही हो, विवाह के बाद निकाल दी गई हो, या खुद तकलीफ पाने पर निकल आई हो, और यह बच्चा रास्ते के किसी ख्वाहिशमन्द का सुबूत हो।

मैं देख रहा था, ऊपर के धुएँ के नीचे दीपक की शिखा की तरह पगली के भीतर की परी इस संसार को छोड़कर कहीं उड़ जाने की उड़ान भर रही थी। वह साँवली थी, दुनिया की आँखों को लुभानेवाला उसमें कुछ न था, दूसरे लोग उसकी रुखाई की ओर रुख न कर सकते थे, पर मेरी आँखों को उसमें वह रूप देख पड़ा, जिसे

मैं कल्पना में लाकर साहित्य में लिखता हूँ; केवल वह रूप नहीं, भाव भी। इस मौन-महिमा आकार-इंगितों की बड़े-बड़े कवियों ने कल्पना न की होगी। भाव-भाषण मैंने पढ़ा था, दर्शनशास्त्रों में मानसिक सूक्ष्मता के विश्लेषण देखे थे, रंगमंच पर रवीन्द्रनाथ का किया अभिनय भी देखा था, खुद भी गद्य-पद्य में थोड़ा-बहुत लिखा था, चिड़ियों तथा जानवरों की बोली बोलकर उन्हें बुलानेवालों की भी करामात देखी थी; पर वह सब कृत्रिम था, यहाँ सब प्राकृत। यहाँ माँ-बेटे के मनोभाव कितनी सूक्ष्म व्यंजना से संचारित होते थे, क्या लिखूँ! डेढ़-दो साल के कमजोर बच्चे को माँ मूक भाषा सिखा रही थी—आप जानते हैं, वह गूँगी थी। बच्चा माँ को कुछ कहकर न पुकारता था, केवल एक नजर देखता था, जिसके भाव में वह माँ को क्या कहता आप समझिए; उसकी माँ समझती थी; तो क्या वह पगली और गूँगी थी?

पगली का ध्यान ही मेरा ज्ञान हो गया। उसे देखकर मुझे बार-बार महाशक्ति की याद आने लगी। महाशक्ति का प्रत्यक्ष रूप संसार को इससे बढ़कर ज्ञान देनेवाला और कौन-सा होगा? राम, श्याम और संसार के बड़े-बड़े लोगों का स्वप्न अब इस प्रभात की किरणों में दूर हो गया। बड़ी-बड़ी सभ्यता, बड़े-बड़े शिक्षालय चूर्ण हो गए। मस्तिष्क को घेरकर केवल यही महाशक्ति अपनी महत्ता में स्थित हो गई। उसके बच्चे में भारत का सच्चा रूप देखा, और उसमें—क्या कहूँ, क्या देखा।

देश में शुल्क लेकर शिक्षा देनेवाले बड़े-बड़े विश्वविद्यालय हैं। पर इस बच्चे का क्या होगा? इसके भी माँ है। वह देश की

सहानुभूति का कितना अंश पाती है—हमारी थाली की बची रोटियाँ, जो कल तक कुत्तों को दी जाती थीं। यही, यही हमारी सच्ची दशा का चित्र है। वह माँ अपने बच्चे को लेकर राह पर बैठी हुई धर्म, विज्ञान, राजनीति, समाज जिस विषय को भी मनुष्य होकर मनुष्यों ने आज तक अपनाया है, उसी की भिन्न रुचिवाले पथिक को शिक्षा दे रही है—पर कुछ कहकर नहीं। कितने आदमी समझते हैं? यही न समझना संसार है—बार-बार वह यही कहती है। उसकी आत्मा से यही ध्वनि निकलती है—संसार ने उसे जगह नहीं दी—उसे नहीं समझा, पर संसारियों की तरह वह भी है—उसके भी बच्चा है।

एक रोज मैंने देखा, नेता का जुलूस उसी रास्ते से जा रहा था। हजारों आदमी इकट्ठे थे। जय-जयकार से आकाश गूँज रहा था। मैं उसी बरामदे पर खड़ा स्वागत देख रहा था। पगली भी उठकर खड़ी हो गई थी। बड़े आश्चर्य से लोगों को देख रही थी। रास्ते पर इतनी बड़ी भीड़ उसने नहीं देखी। मुँह फैलाकर, भौंहें सिकोड़कर आँखों की पूरी ताकत से देख रही थी—समझना चाहती थी, वह क्या था। क्या समझी, आप समझते हैं? भीड़ में उसका बच्चा कुचल गया और रो उठा। पगली बच्चे की गर्द झाड़कर चुमकारने लगी और फिर कैसी ज्वालामुखी दृष्टि से जनता को देखा। मैं यही समझता हूँ। नेता दस हजार की थैली लेकर गरीबों के उपकार के लिए चले गए—जरूरी-जरूरी कामों में खर्च करेंगे।

एक दिन पगली के पास एक रामायणी समाज में कथा हो रही थी। मैंने देखा, बहुत से भक्त एकत्र थे। एतवार का दिन। दो बजे से साहित्य-सम्राट गो. तुलसीदास की रामायण का पाठ शुरू हुआ, पाँच बजे समाप्त। उसमें हिन्दुओं के मँजे स्वभाव का साहित्य-सम्राट गो. तुलसीदासजी ने और माँज दिया है, आप लोग जानते हैं! पाठ

सुनकर, मँजकर भक्त-मंडली चली। दुबली-पतली ऐश्वर्य-श्री से रहित पगली बच्चे के साथ बैठी हुई मिली। एक ने कहा, इसी संसार में स्वर्ग और नरक देख लो। दूसरे ने कहा, कर्म के दंड हैं। तीसरा बोला, सकल पदारथ है जग माहीं, कर्महीन नर पावत नाहीं। सब लोग पगली को देखते, शास्त्रार्थ करते चले गए।

संगमलाल ने मुझसे कहा, "बाबू, यह मुसलमान है।" मैंने उससे पूछा, "तुम्हें कैसे मालूम हुआ।" उसने बतलाया, "लोग ऐसा ही कहते हैं कि पहले यह हिन्दू थी, फिर मुसलमान हो गई, इसका बच्चा मुसलमान से पैदा हुआ है; पहले यह पागल नहीं थी, न गूँगी, बाद को हो गई।" मैंने सुन लिया। संगम ने किस ख्याल से कहा, मैं सोच रहा था। उन दिनों कई आदमियों से बातें करते हुए मैंने पगली का जिक्र किया; साहित्य, राजनीति आदि कई विषयों के आदर्श पर बहस थी; कुछ हँसकर चले गए, कुछ गम्भीर होकर और कुछ-कुछ पैसे उसे देने के लिए देकर।

मैंने हिन्दू, मुसलमान, बड़े-बड़े पदाधिकारी, राजा, रईस, सबको उस रास्ते में जाते समय पगली को देखते हुए देखा। पर किसी ने दिल से भी उसकी तरफ देखा, ऐसा नहीं देखा। जिन्हें अपने को देखने-दिखाने की आदत पड़ गई है, उनकी दृष्टि में दूसरे की सिर्फ तसवीर आती है, भाव नहीं, यह दर्शन मुझे मालूम है। जिन्दा को मुर्दा और मुर्दा को जिन्दा समझना भ्रम भी है और ज्ञान भी, बाड़ियों में आदमी का पुतला देखकर हिरन और स्यार जिन्दा आदमी समझते हैं, उसी तरह ज्ञान होने पर गिलहरियाँ बदन पर चढ़ती हैं—आदमी उन्हें पत्थर जान पड़ता है। ऊपरवाले आदमी पगली को देखते हुए किस कोटि में जाते थे, भगवान् जानें।

एक दिन शहर में पल्टन का प्रदर्शन हो रहा था। पगली

फुटपाथ पर बैठी थी। मैं उसी बरामदे पर नंगे बदन खड़ा सिपाहियों को देख रहा था। मेरी तरफ देख-देखकर कितने सिपाही मुस्कुराए। मेरे बालों के बाद मुँह की तरफ देखकर लोग मिस-फैशन कहते हैं। थिएटर, सिनेमा में यह सम्बोधन दशाधिक बार एक ही रोज सुनने को मिला है। रास्ते पर भी छेड़खानी होती है, मैं कुछ बोलता नहीं। क्योंकि सबसे अच्छा जवाब है बालों को कटा देना। पर ऐसा करूँ, तो मुझे दूसरों की समझ की खुराक न मिले। मैं सोचता हूँ, आवाज कसनेवालों पर एक हाथ रखूँ, तो छठी का दूध याद आ जाए, यह वे नहीं देखते। मैं समझ गया, सिपाही भी मिस-फैशन से खुश होकर हँस रहे हैं। लत तो है। मेरे ग्रीक कट, पाँच फुट साढ़े-ग्यारह इंच लम्बे, जरूरत से ज्यादा चौड़े और चढ़े मोढ़ों के कसरती बदन को देखकर किसी को आतंक नहीं हुआ। इसका निश्चय कर मैं पगली की तरफ देखने लगा। पगली बैठी थी। सिपाही मिलीटरी ढंग से लेफ्ट-राइट, लेफ्ट-राइट दुरुस्त, दर्प से, जितना ही पृथ्वी को दहलाते हुए चल रहे थे, पगली उतना ही उन्हें देख-देखकर हँस रही थी। गोरे गम्भीर हो जाते थे। मैंने सोचा, मेरा बदला इसने चुका लिया। पगली ने खुशी में बच्चे को भी शरीक करने की कोशिश की—माँ अच्छी चीज, अच्छी तालीम बच्चे को देती ही है। पगली पास बैठे बच्चे की ओर देखकर चुटकी बजाकर सिपाहियों की तरह छँगुली से हवा को कोंच-कोंचकर दिखा रही थी, और हँसती हुई जैसे कह रही थी—'खुश तो हो? कैसा अच्छा दृश्य है।'

कई महीने हो चुके। आदान-प्रदान से पगली की मेरी गहरी जान-पहचान हो गई। पगली मुझे अपना शरीर-रक्षक समझने लगी। उसे लड़के बहुत तंग करते थे। मैं वहाँ होता था, तो विचित्र ढंग से मुँह बनाकर मुझसे सहानुभूति की कामना करती हुई, अपार करुणा

से देखती हुई लड़कों की तरफ इशारा करती थी। मुझे देखकर लड़के भग जाते थे। इस तरह मेरी उसकी घनिष्ठता बढ़ गई। वह मुझे अपना परम हितकारी मानने लगी। मैं खुद भी पैसे देता था और मित्रों से भी दिला देता था, पगली यह सब समझती थी। एक दिन मुझे मालूम हुआ, उसके पैसे बदमाश रात को छीन ले जाते हैं। यह मनुष्यों का विश्वव्यापी धर्म सोचकर मैं चुप हो गया। चुरा जाने पर पगली भूल जाती थी, छिन जाने पर, कम प्रकाश में किसी को न पहचानकर रो लेती थी।

एक दिन मेरे एक मित्र ने पगली से मजाक किया। किसी ने उन्हें बतलाया था कि इनके पास बड़ा माल है, मिट्टी में गाड़-गाड़कर इसने बड़े पैसे इकट्ठे किए हैं। मेरे मित्र पगली के पास गए, और मुस्कुराते हुए ब्याजवाली बात समझाकर दो रुपए उधार माँगे। उनकी बात सुनकर पगली जी खोलकर हँसी, फिर कमर से तीन पैसे निकालकर निःसंकोच देने लगी।

गरमी की तेज लू और बरसात की तीव्र धार पगली और उसके बच्चे के ऊपर से पार हो गई। लोग—जो समर्थ कहलाते हैं—केवल देखते रहे। पास एक खाली मकान के बरामदे में, पानी बरसने पर, वह आश्रय लेती थी। जब तक वह उठकर बिस्तरा उठाकर जाए-जाए, तब तक उसका बिस्तरा भीग जाता था, वह भी नहा जाती थी। फिर उसी गीले में पड़ी रहती। उसका स्वास्थ्य धीरे-धीरे टूटने लगा। उसे तपस्या करने की आदत थी, काम करने की नहीं। उसके हाथ-पैर बैठे-बैठे जकड़ गए थें। पानी पीने के लिए रास्ते के उस पार जाना पड़ता था। पानी की कल उसी तरफ थी। इस पार से उस पार तक

इतना रास्ता पार करते उसे आधे घंटे से ज्यादा लग जाता था। एक फर्लांग पर कोई इक्का या ताँगा आता होगा, तो पगली खड़ी हुई उसके निकल जाने की प्रतीक्षा करती रहती। उसकी मुद्राएँ देखकर कोई मनुष्य समझ जाता कि उस एक्के या ताँगे से दब जाने का उसे डर हो रहा है। साधारण आदमी तब तक चार बार रास्ता पार करता। एक एक्का निकल जाता, फिर दूसरा आता हुआ देख पड़ता। पगली अपनी जगह जमी हुई चलने के लिए दो-एक दफे झूमकर रह जाती। उसकी मुख-मुद्रा ऐसी विरक्ति सूचित करती थी—वह इतनी खुली भाषा थी कि कोई भी उसे समझ लेता कि वह कहती है, 'यह सड़क क्या मोटर-ताँगे-इक्केवालों के लिए ही है? इन्हें देखकर मैं खड़ी होऊँ, मुझे देखकर ये क्यों न खड़े हों?' बड़ी देर बाद पगली को रास्ता पार करने का मौका मिलता। तब तक उसकी प्यास कितनी बढ़ती थी, सोचिए।

एक दिन हम लोग ब्लैक कुइन खेल रहे थे। शाम को पानी बरस चुका था। पगली उसी खाली मकान के बरामदे पर थी। हम लोगों ने खाना खाकर खेल शुरू किया था। होटल के गेट की बिजली जल रही थी। फुटपाथ पर मेज और कुर्सियाँ डाल दी गई थीं। दस बज चुके थे। बच्चे को सुलाकर पगली किसी जरूरत से बाहर गई थी। उसका बच्चा सोता हुआ करवट बदलकर दो हाथ ऊँचे बरामदे से नीचे फुटपाथ पर गिरा, जोर से चीख उठा। मेरे साथ के खिलाड़ी आलोचना करने लगे, "जान पड़ता है, पगली कहीं गई है, है नहीं।" होटल के एक अमीर-दिल बोर्डर के संगम से कहा, "देख रे पगली कहीं हो, तो बुला तो दे।"

इनकी बातचीत में वह भाव था, जिसके चाबुक ने मुझे उठने को विवश कर दिया। मैंने उस बच्चे को दौड़कर उठा लिया। मेरे एक

मित्र ने कहा, "अरे, यह गन्दा रहता है।" मैं गोद में लेकर उसे हिलाने लगा। उतनी चोट खाया हुआ बच्चा चुप हो गया, क्योंकि इतना आराम उसे कभी नहीं मिला। उसकी माँ इस तरह बच्चे को सुख के झूले में झुलाना नहीं जानती। जानती भी हो तो उसमें शक्ति नहीं। बच्चे को आँखों के प्यार से गोद का सुख ज्यादा प्यारा है। इसे इस तरह की मारें बहुत मिली होंगी, पर इस तरह का सुख एक बार भी न मिला होगा। इसलिए वह चोट की पीड़ा भूल गया, और सुख की नींद में पलकें मूँदकर बात-की-बात में सो गया। मैंने उसे फिर उसकी जगह पर सावधानी से सुला दिया।

अब धीरे-धीरे जाड़ा पड़ने लगा। मेरे मित्र श्रीयुत नैथाणी ने कहा, "एक रोज पगली का बच्चा गिर गया था, आपने गोद में उठा लिया था। दीवान साहब तब जग रहे थे, मुझे भी देखने को जगा दिया।" मैं चुप रहा। मन में कहा, 'यह कोई बड़ी बात तो थी नहीं, बुद्ध एक बकरे के लिए जान दे रहे थे। जब हममें बड़ी-बड़ी बातें पैदा होंगी, तब हम इन बातों की छुटाई समझेंगे। आज तो तरीका उलटा है। जिसकी पूजा होनी चाहिए, वह नहीं पूजता; जो कुछ पुजता है, वही अधिक पुजने लगता है!"

जाड़ा जोरों का पड़ने लगा। एक रोज रात बारह बजे के करीब रास्ते में पिल्ले की-सी कूँ-कूँ सुन पड़ी। मैं एक कहानी समाप्त करके सोने का उपक्रम कर रहा था। होटल में और सब लोग सो चुके थे। मैं नीचे रास्ते के सामनेवाले कमरे में रहता था। होटल का दरवाजा बन्द हो चुका था। पर मैं अपना दरवाजा खोलकर बाहर गया। देखता हूँ, एक पाया हुआ मामूली काला कम्बल ओढ़े बच्चे को लिए पगली फुटपाथ पर पड़ी है। जब उसे दुनिया का, अपने अस्तित्व का ज्ञान होता है, तब हाड़ तक छिन जानेवाले जाड़े से काँपकर वह ऐसे

करुण स्वर से रोती है। जमीन पर एक फटी पुरानी ओस से भीगी कथरी बिछी, ऊपर पतला कम्बल। ईश्वर ने मुझे देखने के लिए पैदा किया है। मेरे पास जो ओढ़ना है, वह मेरे लिए भी ऐसा नहीं कि खुली जगह सो सकूँ। पुराने कपड़े होटल के नौकर माँग लेते हैं—माथुर मेरा कुर्ता, जो उसके अचकन की तरह होता है, बाँहें काटकर रात को पहनकर सोता है, संगम मेरी धोती से अपनी धोती साँटकर ओढ़ता है, महाराज ने राखी बाँधकर कम्बल माँगा था, अभी तक मैं नहीं दे सका। मैं सोचने लगा, यह कम्बल पगली को किसने दिया होगा? याद आया, सामने के धनी बंगाली-घराने की महिलाएँ बड़ी दयालु हैं, कभी-कभी पगली को धोती और उसके लड़के को अंग्रेजी फ्रॉक पहना देती थीं—उन्हीं ने दिया होगा। ऐसे ही विचार में मेरी आँख लग गई।

होटल के मालिक से नाराज होकर, गुट्ट बाँधकर एक रोज बारह-तेरह बोर्डर निकल गए। सब विद्यार्थी थे। मुझे जानते थे। कुछ कैंनिग कॉलेज के थे, कुछ क्रिश्चियन कॉलेज के। मुझसे उनके प्रमुख दो लॉ क्लास के विद्यार्थियों ने आकर कहा, "जनाब, ऐसा तो हो नहीं सकता कि हम उस महीने का खर्च यहाँ देकर, वहाँ पेशगी फिर एक महीने का खर्च दें—धीरे-धीरे प्रोप्राइटर को रुपए देंगे, हमारे पास घर से खर्च तो एक महीने का आता है, अब वहाँ जाकर लिखेंगे, खर्च आएगा, तब देंगे। होटल छोड़ने के लिए कई बार हम लोगों से मैनेजर कह चुके हैं। बीच में छोड़ दिया, तो हम कहीं के न हुए। इम्तहान सिर पर है। हमने पहले से अपना इन्तजाम कर लिया।" मुझे ख्याल आया अब पगली की रोटियाँ भी गईं। वह अब चल भी नहीं सकती कि दूसरी जगह से माँग लाए। विद्यार्थी मन में यह सोचते हुए गए (अब मालूम हो रहा है) कि जैसा सड़ा खाना खिलाया है, दामों के

लिए वैसे ही सड़क पर चक्कर खिलवाएँगे।

उनके जाने से होटल सूना हो गया। निश्चय हुआ कि इस महीने के बाद बन्द कर दिया जाएगा। संगम मेरे पास उस जाड़े में मेरी दी हुई एक बनियानी पहने हुए मुट्ठियाँ दोनों बगलों में दबाए संसार का एक्स (X) बना हुआ सुबह-सुबह आकर बोला, "बाबूजी, मेरी दो महीने की तनख्वाह बाकी है, आप दस रुपया काटकर मैनेजर साहब को बिल चुकाइएगा।" मैंने उसे धैर्य दिया। दस रुपए की कल्पना से खुलकर हँसता हुआ बड़े मित्र-भाव से संगम मुझे देखने लगा। मैंने देखा, हँसते वक्त उसका मुँह नवयुवतियों की आँखों को मात कर कानों तक फैल गया है।

दो-तीन दिन बाद एक मकान किराए पर लेकर मैनेजर को अपनी बेयरर चेक दस्तखत करके देने से पहले मैंने कहा, "आपको चेक दिलवाने के लिए गंगा-पुस्तकालय जाता हूँ, चेक में दस रुपए कम होंगे, संगम की दो महीने की तनख्वाह बाकी है? उसने कहा है—मेरे रुपए रोककर होटल को रुपए दीजिएगा।" मैनेजर यानी प्रोप्राइटर साहब ने संगम को बुलाया। कहा, "क्यों रे, तू हमें बेईमान समझता है?" संगम सिटपिटा गया, मारे डर के उसकी जबान बन्द हो गई। मैनेजर साहब उसे घूरकर मेरी ओर देखकर बोले, "आप मुझे ही दीजिएगा, नौकरों की इस तरह आदत बिगड़ जाएगी।" मैं सत्तहत्तर रुपए का चेक मैनेजर साहब को देकर किराए के दूसरे मकान में चला आया। मेरे साथ मेरे मित्र कुँवर साहब भी आए।

एक रोज पगली का हाल सुनकर उनके मामा साहब एक नफीस बारीक कम्बल पगली को देने के लिए दे गए। मैंने कुँवर साहब से कहा, "रजाई ठीक थी, इससे कीमत में भी ज्यादा नहीं होगी, और पगली का जाड़ा भी छूट जाएगा।" कुँवर साहब अपनी

रजाई देने के लिए देकर बड़े दिन की छुट्टियों में घर गए। मैं रजाई लेकर पगली को उढ़ा आया। दो-तीन दिन बाद मेरे मित्र श्रीयुत नैथाणी मिले। कहा, "पगली अस्पताल भेज दी गई। डॉक्टर का कहना है, उसे डबल निमोनिया हो गया है। बचेगी नहीं। उसका बच्चा श्रीदयानन्द अनाथालय भेज दिया गया है। पगली बच्चे को छोड़ती न थी। पगली को ले जानेवाले एक्के की बगल से निकलती हुई मोटर के धक्के से एक स्वयंसेवक के पैर में सख्त चोट आ गई है, इसी ने सबसे पहले गन्दगी से न डरकर पगली को उठाया था।"

एक रोज सुबह उसी तरह बगल में मुट्ठी दबाए हुए संगम ने आकर कहा, "बाबू, आपका चेक भुनाकर मैनेजर साहब भाग गए हैं।"

"नहीं, संगम," मैंने समझाया, "मैनेजर साहब बड़े अच्छे आदमी हैं। घर रुपए लेने गए हैं। उन्हें कई सौ रुपए देने हैं—लकड़ी, घी, आटा, दूध और किराए के। लौटकर रुपए दे देंगे।" संगम वैसा ही फिर हँसा।

स्वामी सारदानन्दजी महाराज और मैं

उन दिनों 1921 ई. थी। एक साधारण से विवाद पर विशद महिषादल-राज्य की नौकरी नामंजूर-इस्तीफे पर भी छोड़कर मैं देहात में अपने घर रहता था। कभी-कभी आचार्य पं. महावीरप्रसाद द्विवेदी के दर्शनों के लिए जुही, कानपुर जाया करता था। इससे पहले भी, जब 1919 में हिन्दी और बंगला के व्याकरण पर लिखा हुआ मेरा लेख शुद्ध कर, 'सरस्वती' में छापकर 1920 में उन्होंने साहित्य-सेवा से अवसर ग्रहण किया, दौलतपुर में उनके दर्शन कर चुका था। साहित्य में द्विवेदीजी का गुरुत्व मैं उन्हीं के गुरुत्व के कारण मानता था (मानता भी हूँ), अपने किसी अर्थ-निष्कर्ष या स्वार्थ-लघुत्व के लिए नहीं। पर इष्ट तो निर्भर भक्त की भक्ति की ओर देखता ही है—द्विवेदीजी भी मेरी स्वतन्त्रता से पैदा हुई आर्थिक परतन्त्रता पर विचार करने लगे। आज ही की तरह उन दिनों भी हिन्दी की मसजिदों पर मुरीद द्विवेदीजी की नमाज पढ़ते थे, लिहाजा उनकी कोशिश—मैं किसी अखबार के दफ्तर में जगह पा जाऊँ—कारगर हुई। दो पत्र उन्होंने अपनी आज्ञा से चिन्हित कर गाँव के पते पर

मेरे पास भेज दिए, एक काशी के प्रसिद्ध रईस राजनीतिक नेता का था, एक कानपुर ही का। काशीवाले में आने-जाने का खर्च देने के विवरण के साथ योग्यता की जाँच के बाद जगह देने की बात थी, कानपुरवाले में लिखा था—'इस समय एक जगह 25 रुपए की है, अगर वह चाहें, तो आ जाएँ।'' मालूम हो कि यह सब उदारता पूज्य द्विवेदीजी अपनी तरफ से स्नेहवश कर रहे थे। अवश्य मेरे पास शिक्षा का जो प्रमाण-पत्र इस समय तक है, उस योग्यता का पूरी-पूरी रक्षा जगह देनेवालों ने की थी, तथापि सिपहगरी के समतल क्षेत्र से सूबेदारी तक के सुस्तर उन्नति-क्रम पर अविचल श्रद्धा न मुझे पहले थी, न अब भी है। फलतः उन पत्रों ही को मेरी अशिक्षा के कारण स्थान-प्राप्ति हुई, मेरी जेब में प्रमाण के तौर पर अपने सुलेखकों के पास वापस जाने का सौभाग्य उन्हें न मिला। मेरे अन्दर मर्यादा का ज्ञान अत्यन्त प्रबल है, इनकी जानकारी पूज्य द्विवेदीजी को स्वतः उत्तरदायी पद दिलाने की ओर फेरने लगी। पर द्विवेदीजी करते भी क्या, प्रमाण जो न था। जो कुछ भी साहित्य-सेवा की प्रबल प्रेरणा से मैं लिखता था, वह एक ही सप्ताह के अन्दर सम्पादक महोदय की अस्वीकृति के साथ मुझे पुनः प्राप्त हो जाता था। केवल दो लेख और शायद दो कविताएँ तब तक छप पाई थीं, सो भी जब हिन्दी के छन्दों में बड़ी रगड़ की और लेखों में कलम की पूरी ऊँची आवाज से हिन्दी की प्रशंसा। अस्तु, इन्हीं दिनों स्वामी माधवानन्दजी, प्रेसीडेंट, अद्वैत आश्रम (रामकृष्ण-मिशन), मायावती, अल्मोड़ा, हिन्दी में एक पत्र निकालने के विचार से पत्रों में विज्ञापन करते हुए सम्पादक की तलाश में द्विवेदीजी के पास जुही आए। उस समय मेरी एक कविता, वह 'परिमल' में 'अध्यात्म-फल' के नाम से छपी है, 'प्रभा' के प्रकाशित हुई थी। उतने ही प्रत्यक्ष आधार पर आचार्य

द्विवेदीजी स्वामीजी के पत्र के लिए मेरी योग्यता की सिफारिश कर चले। उनकी तकलीफ आप समझ सकते हैं। स्वामीजी ने मेरा पता नोट कर लिया, और मुझे एक चिट्ठी योग्यता के प्रमाण-पत्र भेजने की आज्ञा देते हुए लिखी। बंगाल में रहकर परमहंस श्रीरामकृष्ण देव तथा स्वामी विवेकानन्दजी के साहित्य से मैं परिचय प्राप्त कर चुका था, दो-एक बार श्रीरामकृष्ण मिशन, बेलूड़, दरिद्र नारायणों की सेवा के लिए भी जा चुका था, श्रीपरमहंसदेव के शिष्य श्रेष्ठ पूज्यपाद स्वामी प्रेमानन्दजी महाराज को महिषादल में अपना तुलसीकृत रामायण का सस्वर पाठ सुनाकर उनका अनुपम स्नेह तथा आशीर्वाद प्राप्त कर चुका था, स्वामी माधवानन्दजी को पत्रोत्तर में अपनी इसी योग्यता के हृष्ट-पुष्ट प्रमाण दिए। स्वामीजी का वह पत्र अंग्रेजी में था और मेरा उत्तर बंगला में। कुछ दिनों बाद द्विवेदीजी के दर्शनों के लिए फिर गया तो मालूम हुआ कलकत्ता में एक सुयोग्य साहित्यिक स्वामीजी को सम्पादन के लिए स्वयं प्राप्त हो गए हैं। घर लौटने पर उनका एक पत्र मुझे भी बंगला में लिखा हुआ मिला कि धैर्य धारण करो, प्रभु की इच्छा होगी, तो आगे देखा जाएगा।

इसी समय महिषादल-राज्य से मुझे तार मिला कि जल्द चले आओ। मैंने सोचा, जब नामंजूर इस्तीफे पर हठवश चले आने का दोष ही हटा दिया गया, तो अब जाने में दुविधा क्यों करूँ? मैं महिषादल गया। पर राजा, जोगी, अग्नि, जल की उल्टी रीतिवाली याद न रही। यहाँ 'समन्वय' के सार्थक नाम से एक सुन्दर पत्र प्रकाशित हुआ। मेरे पास भी वह लेख के तकाजे के साथ गया। मैंने उसमें 'युगावतार भगवान् श्रीरामकृष्ण' ऐसा एक लेख लिखा। जब वह प्रकाशित हुआ, तब मैंने द्विवेदीजी की राय माँगी। उन्होंने उस लेख को पढ़कर बधाई दी। मैं मौलिक लेख लिख सकता हूँ, आचार्य

द्विवेदीजी के इस आशीर्वाद का सदुपयोग मैं अपने ही भीतर तब से अब तक करता जा रहा हूँ। कई और भी मेरे साहित्यिक पूज्यपादों ने इस लेख की विचारणा और भाषा-शैली के लिए मुझे प्रोत्साहन दिया। 'समन्वय' को एक बड़ी अड़चन पड़ी और यह हिन्दी और बंगला बोलनेवालों में, मेरे विचार से, शायद अभी बहुत दिनों तक रहेगी। इधर मेरे सामने भी राजावाली उल्टी रीति पेश हुई। इसी समय 'समन्वय' के मैनेजर स्वामी आत्मबोधानन्दजी ने मुझे लिखा कि बंगालियों के भावों को समझने के लिए यहाँ ऐसा आदमी चाहिए, जो बंगला जानता हो। हमें अड़चन पड़ती है, तुम चले आओ। मैंने जाकर देखा, 'समन्वय' के आठ ही महीने में दो सम्पादक बदल चुके थे। सम्पादक की जगह नाम स्वामी माधवानन्दजी का छपता था, वह हिन्दी भी बहुत अच्छी जानते हैं, काम तथा हिन्दी की विशेषता की रक्षा के लिए 'समन्वय' में एक हिन्दी-भाषी सम्पादक रहता था। इस तरह मैं 'समन्वय' में जाकर स्वामीजी महाराज के साथ, 'उद्‌बोधन' कार्यालय, बागबाजार में रहने लगा। यहीं पहले-पहल आचार्य स्वामी सारदानन्दजी महाराज के दर्शन किए। यह 1922 ई. की बात है।

स्वामी सारदानन्दजी इतने स्थूल थे कि उन्हें देखकर डर लगता था। यद्यपि डरवाली बात मेरे पास बहुत पहले ही से कम थी, भूतों से साक्षात्कार करने के लिए रात-भर श्मशानों की सैर करता रहा था, और आधी रात को घर से निकलकर पैदल आठ-नौ कोस जमीन चलकर सुबह आचार्य द्विवेदीजी के दर्शन किए थे, फिर भी स्वामी सारदानन्दजी की ओर बहुत दिनों तक मैं देख नहीं सका। पर मैं आँखें झुकाकर, प्रणाम कर उनकी सभा में कभी-कभी बैठ जाता था—बातचीत सुनने के लिए। किसी दर्शन या धर्मग्रन्थ का पाठ होने पर उठकर चला आता था, क्योंकि दार्शनिकता की मात्रा यों भी

दिमाग में बहुत ज्यादा थी, जी घबरा उठता था। स्वामीजी की वार्तालाप-सभा में महीनों मैंने संयम रखा, कुछ बोलकर बेवकूफ न बनूँगा, सिद्धान्त कर लिया था। बाहर के आए हुए विद्वानों को देखता भी था, अंट-संट बकते जा रहे हैं, न सिर, न पूँछ, उनकी आवाज की किरकिराहट अर्थ से पहले अनर्थ व्यंजित करती थी। स्वामीजी मेरी 'यावत्किंचिन्नभाषते' नीति पर प्रसन्न होकर मुस्कराते थे। एक रोज धैर्य जाता रहा। मैंने पूछा, "यह संसार मुझमें है, या मैं इस संसार में हूँ।" उन्होंने बड़े स्नेह से कहा, "इस तरह नहीं।"

हमारे यहाँ की ज़ैसी संस्कृति थी, मैं बचपन से सन्तों की सूक्तियों पर भक्ति करता हुआ विशेष रूप से ईश्वरानुरक्त हो चला था। इसलिए सो जाने पर देवताओं के स्वप्न बहुत देखता था। जो देव जाग्रत अवस्था में कभी नहीं बोले, मैं ही बातचीत करता थकता, वे सो जाने पर दम न भरते थे। इसे धर्म-ग्रन्थों में शुभ लक्षण कहा है। पर मेरे लिए यह उत्तरोत्तर अशुभ हो चला। क्योंकि बराबर यह प्रश्न जारी रहा कि मूर्तियाँ जाग्रत अवस्था में क्यों नहीं बोलतीं? रात की अनिद्रा और दिन की उधेड़बुन के शुभ लक्षण सहज ही अनुमेय हैं। क्रमशः दार्शनिकता प्रबल हो चली। धीरे-धीरे देवताओं के कथोपकथन के फलस्वरूप घोर नास्तिक, शकितचित्त हो गया। जब 'समन्वय' के सम्पादन के लिए गया था, तब यही दशा थी। आस्तिकता पहले के उपार्जित संस्कार या धूप-छाँह की सार्थकता की तरह आती थी। एक दिन मैंने स्वामीजी से कहा, "सो जाने पर मेरे साथ देवता बातचीत करते हैं।" वह सस्नेह हँसकर बोले, "बाबूराम महाराज से भी करते थे।" (स्वामी प्रेमानन्दजी का पहला नाम श्रीबाबूराम था। इनका जिक्र मैं कर चुका हूँ कि श्रीरामकृष्ण के शिष्यों में पहले इन्हीं के दर्शन मैंने महिषादल में किए थे)। इस प्रसंग

के कुछ ही दिनों में मैं अपने एक बंगाली मित्र के बिस्तरे पर सो रहा था, दुपहर को सोने का मुझे अब भी अभ्यास है, देखता हूँ कि स्वामी सारदानन्दजी महाध्यान में मग्न हैं, ईश्वरीय विभूति से युक्त ऐसी मूर्ति मैंने आज तक नहीं देखी—कमलासन बैठे हुए, ऊर्ध्वबाहु, मुद्रितनेत्र, मुख-मंडल पर महानन्द की दिव्य ज्योति, जो कुछ है, सब ऊपर उठा जा रहा है, इसी समय उनके सेवक एक संन्यासी महाराज उन्हें खिलाने के लिए रसगुल्ले ले गए, उसी ध्यानावस्थित अवस्था में स्वामीजी ने मेरी ओर इशारा किया। सेवक महाराज ने लौटकर मुझे रसगुल्लों का कटोरा दे दिया। मैं गया और एक रसगुल्ला खिलाकर लौट आया। कटोरा सेवक संन्यासी महाराज को दे दिया।

बस, आँख खुल गई। मेरा मस्तिष्क हिम-शीकरों-सा स्निग्ध हो गया। उसमें महाज्ञान का कितना बड़ा प्रत्यक्ष प्रमाण मैंने देखा है, मैं क्या कहूँ।

पर मेरी विरोधी शक्ति बराबर प्रबल रही। तीव्र तीक्ष्ण दार्शनिक वज्र-प्रहारों से बराबर मैं मन से उनका अस्तित्व मिटाता रहा—मिटा देता था, तभी काम कर सकता था, पर वह काम—जो घर के लिए, संसार के लिए बन्धनों से मुक्त होनेवाला सामाजिक और साहित्यिक उत्तरदायित्व लिए हुए था। पर आकाश से सीमावकाश में आकर भी मैं आकाश में ही रहता हूँ, ज्यों-ज्यों लड़ता गया—जुदा होता गया, वह भाव प्रबल होता रहा। जीवन्मुक्त महापुरुष क्या हैं, मैं अब और अच्छी तरह समझने लगा। मैं प्रहार करता हुआ जब थक जाता था, तब मेरे मनस्तत्व के सत्य-स्वरूप स्वामी सारदानन्दजी मुझे रंगीन छाया की तरह ढककर हँसते हुए तर कर देते थे। इन महादार्शनिक, महाकवि, स्वयंभू, मनस्वी, चिर-ब्रह्मचारी, संन्यासी, महापंडित, सर्वस्वत्यागी, साक्षात् महावीर के समक्ष देवत्व,

इन्द्रत्व और मुक्ति भी तुच्छ है। मैंने भी देश तथा प्रदेशों के बड़े-बड़े कवियों, दार्शनिकों, पंडितों और पुरुषों के साथ एक सर्वश्रेष्ठ उपाधि से भूषित किए हुए अनेकानेक लोगों को देखा है, पर वाह रे संसार, सत्य की कितनी खरी जाँच तूने की—महाविद्या और महापुरुष-चरित्रों का कितने पोच मस्तिष्कों में तूने पता लगाया। मैं ब्राह्मण था, किसी मनुष्य को सिर नहीं झुकाया, मेरे चरित्र का पूरा अध्ययन कीजिएगा, चरित्र और ज्ञान, जीवन और परिसमाप्ति में जो 'एजति, नएजति' को सार्थक करनेवाले ब्रह्म थे, उन्होंने अपनी पूर्णता देकर मेरी स्वल्पता ले ली। अब दोनों भाव उन्हीं के हैं, एक से वह लड़ते हैं, दूसरे से बचते हैं—यही मेरा इस समय का जीवन है।

स्वामी सारदानन्दजी के जिन सेवक संन्यासी के हाथ से कटोरा लेकर स्वप्न में मैंने स्वामी को रसगुल्ला खिलाया था, उन्होंने मुझसे एक रोज एकाएक कहा, "तुम मन्त्र नहीं लोगे?—जाओ।" मैंने सोचा, 'यहाँ महाप्रसाद की तरह मन्त्र भी बँटता होगा, लेने में हर्ज क्या है?' मुझे बड़े को गुरु मानने में आपत्ति कभी नहीं रही, रहा सिर्फ गुरुडम के खिलाफ, फिर मन्त्र लेने से कुछ मिलता ही है, जहाँ मिलनेवाली रचना हो, वहाँ पैर न बढ़ाए, वह ब्राह्मण का कोई बेवकूफ लड़का ही होगा। मैं सपाटा-चाल सीढ़ी तय करके स्वामीजी के कमरे में पहुँचा और बैठ गया। उन्होंने पूछा, "क्या है?" मैंने कहा, "मन्त्र लेने आया हूँ।" मेरे स्वर में न जाने क्या था। मुझे तन्त्र-मन्त्र पर बिलकुल विश्वास न था। स्वामीजी प्रसन्न गम्भीरता से बोले, "अच्छा, फिर कभी आना।"

मैंने मन में कहा, अब इंजानिब नहीं जाने के। कई रोज हो गए, नहीं गया। वहाँ कभी-कभी माँ के कमरे में (श्रीपरमहंसदेव की धर्मपत्नी श्रीसारदामणि देवी, तब माँ देह छोड़ चुकी थीं) तुलसीकृत

रामायण पढ़ता था। पहले दिन पढ़ी थी, तब स्वामी सारदानन्दजी ने प्रसाद के दो रसगुल्ले दिलाए थे। सबको एक रसगुल्ला मिलता है। केवल शंकर महाराज (स्वामी सारदानन्दजी के बड़े गुरुभाई, श्रीरामकृष्ण-मिशन के प्रथम प्रेसीडेंट, पूज्यपाद स्वामी ब्रह्मानन्दजी के प्रिय शिष्य) को दो रसगुल्ले पाते हुए बाद को मैंने देखा था, पर उन्होंने एक रसगुल्ला मुझे दे दिया था। एक बार माँ को प्रणाम कर, प्रसाद लेकर मैं स्वामी सारदानन्दजी महाराज के जीने की तरफ से उतरने के लिए जा रहा था, प्रसाद मेरे हाथ में था, मन बड़ा प्रफुल्ल, फूल-सा खिला हुआ, हल्का, गोस्वामी, तुलसीदास की भारतीय संस्कृति मन को ढके हुए। स्वामीजी आ रहे थे, मुझे भावावेश में देखकर, रास्ता छोड़कर एक तरफ हट गए, मुझे होश था ही, मैं भी हटकर खड़ा हो गया कि यह चले जाएँ, तो जाऊँ। स्वामीजी ने पूछा, "यह प्रसाद किसके लिए ले जा रहे हो?" (स्वामीजी से मेरी बंगला में बातचीत होती थी) मैंने कहा, "अपने लिए।" उन्होंने कहा, "अच्छा, खाकर आओ।" चपपट प्रसाद खाकर मैं ऊपर गया। स्वामीजी अपने कमरे के सामने उसी रास्ते पर खड़े थे। मुझे देखकर बड़े स्नेह से पूछा, "उस रोज तुम क्या कहनेवाले थे?" मैंने कहा, "मुझे तन्त्र-मन्त्र पर विश्वास नहीं।" उन्होंने पूछा, "तुम गुरुमुख हो?" मैंने कहा, "हाँ, पर तब मैं नौ साल का था!" उन्होंने कहा, "हम लोग तो श्रीरामकृष्ण को ही ईश मानते हैं।" मैंने कहा, "ऐसा तो मैं भी मानता हूँ।" उत्तर की मैंने कभी देर नहीं की, वह ठीक हो या गलत। पहले क्या कह गया हूँ, फिर क्या कह रहा हूँ, इसकी तरफ ध्यान देनेवाला सच्चा वक्ता लेखक, कवि या दार्शनिक नहीं—वह कला की मुक्ति में गण्य नहीं, कलाकारों के ऐसे कथन का मैं सजीव उदाहरण था। स्वामीजी के भारतीय कान ऐसे न थे, जो

अंग्रेजी बाजे के विवादों से भड़ककर उसे संगीत स्वीकार ही न करते। वह भावस्थ गुरुत्व से मेरे सामने आए। मुझे ऐसा जान पड़ा, एक ठंडी छाँह में मैं डूबता जा रहा हूँ। फिर मेरे गले में अपनी उँगली से एक बीजमन्त्र लिखने लगे। मैंने मन को गले के पास ले जाकर क्या लिख रहे हैं, पढ़ने की बड़ी चेष्टा की, पर कुछ मेरी समझ में न आया।

परोक्ष रीति से ध्यान-धारणा के लिए स्वामीजी मुझे कभी-कभी याद दिला देते थे, पर मुझे यह धुन थी कि अब देखना है, गलेवाला मन्त्र क्या गुल खिलाता है। पूजा-पाठ जो कुछ कभी-कभी करता था, वह भी बन्द कर दिया। मुझे कुछ ही दिनों में जान पड़ने लगा, मेरा निचला हिस्सा ऊपर और ऊपरवाला नीचे हो गया है, और रामकृष्ण मिशन के साधु मुझे खींच रहे हैं। अजीब घबराहट हुई। मैंने सोचा इन साधुओं ने मुझ पर वशीकरण किया। तब 'समन्वय' के कार्यकर्ता 'उद्बोधन' छोड़कर 'मतवाला' ऑफिस में (तब 'मतवाला' न निकलता था, बालकृष्ण प्रेस था, मालिक 'मतवाला' के सम्पादक बाबू महादेवप्रसादजी सेठ थे) किराए के कमरों में रहते थे। मैं भी उनके साथ अलग कमरे में रहता था। महादेव बाबू से मैंने कहा, "ये साधु लोग मुझे जादूगर जान पड़ते हैं।" महादेव बाबू गम्भीर होकर बोले, "यह आपका भ्रम है।" मैंने कुछ न कहा, पर मुझे भ्रम होता, तो विश्वास भी होता। एक रोज ऐसा हुआ कि उन्हीं साधुओं में से एक की मेरे पास आकर यही हालत हुई। यह दर्शन-शास्त्र के एम. ए. हैं। आजकल अमेरिका में प्रचार कर रहे हैं। जब खिंचने लगे, तो बोले, "पंडितजी, क्या आप वशीकरण जानते हैं?" मैंने मन में कहा, 'हूँ!' खुलकर बोला, "मैं मारण, मोहन, वशीकरण, उच्चाटन सबमें सिद्ध हूँ।"

इसके बाद एक दिन स्वप्न देखा—ज्योतिर्मय समुद्र है, श्यामा की बाँह पर मेरा मस्तक, मैं लहरों में हिल रहा हूँ।

फिर इतने चमत्कार इधर दस वर्षों में देखे कि अब बड़े-बड़े कवियों तथा दार्शनिकों की चमत्कारोक्तियाँ पढ़कर हँसी आती है। वह मन्त्र भी तीन साल हुए, आग-सा चमकता हुआ कुछ दिनों तक सामने आया, उसे मैंने पढ़ लिया है।

सफलता

जो हवा दीये के जलते रहने की वजह है, वह दीये को बुझा भी देती है। आभा के सस्नेह अकलुष प्राणों के पावन प्रदीप को पति की जिस निश्चल समीर ने सालभर तक जला रखा था, वह सालभर से उसे बुझाकर, उसकी पृथ्वी से दूर, अन्तरिक्ष की ओर तिरोहित हो गई है। सालभर ही में सुहाग का काजल उस दीपक-प्रकाश के ऊपर, रत्नार आँखों में प्रियदर्शन के अंजन-रूप नहीं रह गया। आभा आज की शरद् की तरह अपनी सारी रंगीनियों को धोकर शुभ्र हो रही है—श्वेत शेफाली-सी रँगे प्रभात के रश्मि-पात-मात्र से वृन्तच्युत—जैसे केवल देवार्चन के लिए चुनी हुई। पर, प्राणों के नीचे, डंठल में, जो रंग लाया हुआ है, वह तो शरद् का नहीं—बसन्त का है। उसी के ऊपर बसन्त के बादवाले महीनों के ये दल जैसे शरद् की आभा से शुभ्र हो रहे हैं। लालसा-चपल क्या कोई उस पूर्ण विकसित स्खलित शेफालिका-राशि को केसरिए सुगन्ध रंग से अपनी बसन्त की पाग रँगने के लिए वृक्ष के नीचे से चुपचाप चुन ले जाएगा? हाय, यह वह सत्य शेफालिका तो नहीं! यह तो केवल देव-चरणों पर चढ़ने के लिए है—माला होकर

हृदय पर या रंग बनकर आँखों पर चढ़ने के लिए नहीं। तभी आभा गाँव के किनारे धुले धवल शिवालय में देवता-पदों पर प्रत्यह पुष्प-स्वरूप अर्पित होने के लिए जाती है। उसके भीतर हृदय का दीप तो गुल हो चुका है, पर, बाहर अन्ध मन्दिर-हृदय का दीप वह जला आती है।

यशस्वी साहित्यिक नरेन्द्र ने उधर से जाते हुए, दीपक जलाकर देवता को प्रणाम करते समय कई बार आभा का दिव्य मुख और विशाल आँखों की सकरुण दृष्टि देखी। कई शुभ सांध्य क्षण उसे कारुण्य से ओत-प्रोत कर चुके—उसके हृदय में सहानुभूति का तैल संचित हुआ; वेदना की वर्तिका में समाज की कुप्रथा की आग—उसके हृदय का दीप जला।

यह प्रकाश कई बार, रास्ते में, मन्दिर की सीढ़ियों पर, आभा के म्लान मुख पर पड़ा, प्रतिफलित हुआ। आभा के अन्तःपुर की रूपसी ने अन्तःपुर में उसे उतने ही निकट सम्बन्ध से पहचाना, जितने दूर व्यवहार से आभा धारा से दूर हो गई थी।

हाय रे जीवन! कितने आवर्तों से तू प्रवाहित होता है। जिन कारणों से आभा पृथ्वी से छुटी थी, वे ही उसे नरेन्द्र के साथ लपेटने लगे। मन से वह नरेन्द्र की दृष्टि की तरह उसके नजदीक हो गई। वह आज एकान्त में नरेन्द्र से पूछना चाहती है—इस संसार-दुःख से मुक्ति पाने का कौन-सा मार्ग है। वह विद्वान् होकर उसे वंचित न करेगा—न, वह धोखा नहीं दे सकता—उसकी आँखें इसका विशद साक्ष्य देती हैं, फिर वह भी तो उसी की तरह विधुर है—जानता है व्यर्थ स्नेह कितना दुःखद, कितना कठोर है। होगा कि स्त्री न होने के कारण वह इतना दुःख, इतना अपमान न पा रहा हो; पर स्त्री न होने के कारण कभी उसने कल्पना तो की होगी कि उसके न रहने

पर उसकी स्त्री को क्या होगा। आभा का हृदय भर आया।

पर, आज-आज करके कई आज पार कर चुकी। नरेन्द्र आज मिला। वह सोपान-सोपान उतर रही थी, नरेन्द्र चढ़ रहा था। बहुत कुछ कहना चाहा था, पर कुछ भी कह न सकी। कितना हृदय धड़का। चुपचाप खड़ी रही। नरेन्द्र ऊपर चला गया।

नरेन्द्र बीसवीं सदी का मनुष्य है। वह न कर सके, ऐसा कोई काम नहीं, ऐसा कुछ किया भी नहीं। वह तन के धर्म और अधर्म को पार कर दूर निकल गया है, पर मन में धर्म से श्रद्धा और अधर्म से घृणा करता है। वह भौंरे की तरह खुली कली पर नहीं बैठा, पर भौंरे की तरह कलियों का यश बहुत गा चुका है, उनके चारों ओर बहुत मँडराया। उसकी कल्पना में आभा उतने रंग भर चुकी है जितने किरण भरती है—फूलों में, पहाड़ पर, बादलों में, दिशाकाश में, तरह-तरह के सुघर विचारों में। पर आभा को वरण करने की कोई शहजोरी भी उसमें पैदा हुई, ऐसा लक्षण नहीं देख पड़ा। सोचा जरूर, पर उठे सिर का झुक जाना देखा और डरा।

त्यों-त्यों आभा दृढ़ होती गई। उसकी धड़कन जाती रही। चुपचाप स्नेह का एक लेख नरेन्द्र के स्मरण-मात्र से लगने लगा। लाज फिर भी रही। एक रोज उसी तरह एकान्त मिला। कंठ की देवी कंठ में निर्भय बैठी रही। शब्द जैसे आप बनकर, तुले हुए निकले, "मुझे संसार में बड़ा दुःख है।"

"दुःख को देवता समझो।" नरेन्द्र ने जैसे लेख की एक पंक्ति लिखी।

आभा का सारा दुःख जैसे एक साथ वाष्प बन गया—उस महाशक्ति का धड़का हुआ, "अर्थात् राक्षस को देवता मानूँ?"

नरेन्द्र काँप उठा। क्यों डरा, न समझा। आभा ने फिर कहा,

"केवल दुख नहीं सहा जाता। रोज का अपमान भार हो जाता है।"

धड़कन के बाद भाव स्पष्ट हुआ। नरेन्द्र ने सोचा, यह भागना चाहती है। कृत्रिम गले से बोला, "धैर्य रखो!"

एक बार आभा ने अच्छी तरह नरेन्द्र को देखा। खुलकर बोली, "आपको लोग बहुत बड़ा विद्वान् कहते हैं–पर मैं क्या समझूँ, पर बड़े भी छोटों को नहीं समझ पाते।"

नरेन्द्र ने फिर कहा, "धैर्य रखो।"

सिर झुकाकर आभा ने उत्तर दिया, "अच्छा।"

आभा की इच्छा निकल जाने की न थी, न किसी विषय-वासना से वह खिंची थी। नरेन्द्र की तरफ उसके भाव ने उसे खींचा, और स्त्रियों की अवहेलना, अवज्ञा, जीती हुई एक प्रतिभा को मृत प्रेम से भी भयंकर–इतर पशु से भी तुच्छ समझनेवाली धारणा और व्यवहार ने उसे धकेला था। वह विद्वान् आचार्य से शिष्या की तरह मुक्ति की शिक्षा लेने गई थी, बस। हृदय में जो भाव नरेन्द्र की प्रीतिवाले, कुछ काल के लिए उसे एक आवेश में भुला रखते थे, वे इतने पूर्ण थे कि उनसे अधिक की कामना वह कहकर नहीं कर सकती थी, करना सीखा भी न था। मुक्ति का पथ परिष्कृत होने पर वह हृदय की तुला पर तोलकर अवश्य देखती कि वह कितना प्रशस्त और कितना पवित्र है, तब आगे पैर बढ़ाती, तो बढ़ाती। यदि विद्वान् की बतलाई राह में उसे वैसा ही लांछन और अपमान दिख पड़ता, जैसा वह घर में देख रही थी, तो घर और बाहर, दोनों के रास्तों को पार कर जाने का गौरव प्राप्त करती। विद्वान् नरेन्द्र–सहृदय नरेन्द्र की 'धैर्य रखो' यह उक्ति उस दुख के प्रवाह में हृदय से लगा रखने के

लिए एक उतराती कुछ भार सँभालनेवाली लकड़ी हुई। धैर्य रखकर भविष्य में सत्य-निर्देश पाने की कल्पना लिए वह घर जाकर चुपचाप पहले के अपमान सहने लगी।

इधर नरेन्द्र ने सोचा, वह उसके साथ निकल जाने को एक पैर से तैयार थी। नरेन्द्र को बड़ी घृणा हुई। कुछ आत्मप्रसाद भी हुआ कि उसकी धैर्य रखने की सलाह उसे मंजूर हुई। नरेन्द्र गाँव में रह रहा था, अधिक दिनों तक रहने की गुंजाइश न थी; कारण, वृत्ति लिखाई थी, जो घर बैठे मनीऑर्डर द्वारा काम आती थी; शहर में रहकर ऑर्डर पूरे करने पड़ते थे; तब पेटभर को कहीं होता। पेट भी दो-चार नहीं, सिर्फ एक। नरेन्द्र को इस दुर्दशा की चिन्ता न थी। कारण, वह साहित्य का सुधार कर रहा था। आदर्शवाद को साहित्य में दर्शाकर तब वह दम लेता था—उसके लेख और पुस्तकें प्रमाण हैं। बीसवीं सदी की समस्त विचारधाराएँ उसकी धरा से बह चुकी थीं, पर जो कुछ उसने धारण किया था, वह था मनुष्य धर्म, जिसे अंग्रेजी में 'Religion of man' नए स्वरपात से, जोर देकर कहते हैं। इसमें भूत, वर्तमान और भविष्य के सब धर्म वह धर देता था।

अस्तु, नरेन्द्र घर से कलकत्ते के लिए रवाना हुआ। रास्ते में कानपुर, लखनऊ, प्रयाग, काशी, पटना, गया होता गया। मित्रों से और प्रकाशकों से मिलकर साहित्य तथा बाजार के हाव-भाव समझता रहा। 'आरती' के प्रकाशक ने कहा, "हमारे यहाँ 8) फार्म से अधिक मौलिक पुस्तक के लिए देने का नियम नहीं, रुपया पुस्तक प्रकाशित होने के तीन महीने बाद से दिया जाना शुरू होता है।" सम्पादक ने कहा, "हम कोई लेख बिना पुरस्कार का नहीं छापते, अवश्य नए

लेखकों को 2 रुपए ही प्रति लेख देने का नियम है, पर आपको हम 1½ पृष्ठ देंगे।" फिर बड़ी सहृदयता से बोले, "इससे अधिक 'आरती' दे नहीं सकती।" सम्पादक को लेख देने का वादा कर प्रकाशक ने नरेन्द्र से कहा, "आप लोग पुस्तकें बेचने के विचार से 50 और 60 प्रतिशत कमीशन बेचनेवाले को देते हैं–यह आपकी साहित्य-सेवा नहीं, अर्थ-सेवा हुई। यदि लेखकों को अधिक देने लगें, तो किताबें अच्छी-अच्छी लिखी जाएँ, और साहित्य का उद्धार भी हो।" प्रकाशक ने आँखें मूँदकर कहा, "साहित्य का उद्धार हम आपसे ज्यादा समझते हैं।" इस प्रकार अड़ता-छूटता नरेन्द्र कलकत्ता गया। वहाँ बीसवीं सदी-पुस्तक-एजेंसी में 6) फार्म का बंगला के रद्दी उपन्यासों के अनुवाद का काम मिला। कुछ करना ही था। काम लेकर, एक रोज निश्चिन्त होकर जॉन बाजार-लाइब्रेरी में बैठा मासिक पत्र-पत्रिकाएँ देख रहा था। अंग्रेजी, बंगला, हिन्दी, गुजराती, उर्दू, मराठी सभी भाषाओं में एक विशेष आदर-भाव देखा–सिनेमा स्टारों के सभी स्टोर हो रहे थे। देख-भालकर नरेन्द्र डेरे पर लौटा।

बीसवीं सदी-पुस्तक-एजेंसी का अनुवाद शुरू तो किया, पर हाथ बन्द हो गया। बार-बार आँखों के सामने सिनेमा के सितारे चमकने लगे। साथ मन सोचने लगा–'यह अनुवाद का काम भी क्यों? इससे किस आदर्श की पुष्टि होती है? अर्थ मुझे भी तो चाहिए। बड़ा अर्थ अगर लोग नहीं लेते, तो जो लोग लेते हैं, उसे ही बढ़ाओ।' साथ-साथ, जो सफल हुए थे, सामने आने लगे। फिर दीन हिन्दी के लेखकों की सूरत आई। उसका मित्र स्नेहशरण एक सर्वश्रेष्ठ गद्य-लेखक है, पर कदाचित् सबसे बड़ा दरिद्र और उपेक्षित। उसका भाव, जो अब तक उसे बड़ा बनाए हुए, दिन-रात उसे छोटा करता जा रहा है, सामने आया। देखकर उसे बड़ी घृणा हुई। कितने

प्रकाशक उसका अपमान कर चुके हैं, कोई-कोई ऑफिस से भी निकाल चुके हैं, पर बराबर वह अपने नाम को मरता रहा, जो वास्तव में अपमान था। उसे नामी कहकर, कहाकर किसी शाप ने उसे ऊँचे आसन से गिरने का धोखा दिया है। जो नाम स्वरूप श्रेष्ठ वैभव का भोक्ता हो, वह कौड़ी-कौड़ी का मोहताज भी रहे, ऐसा हो नहीं सकता; छोटे वैभव उसके पास जरूर होंगे, या वह चाहता न होगा। याद आया, छोटे वैभवों की उसने परवाह कब की; इसलिए छोटों ने उसे बराबर धोखा दिया—नीचा दिखाया और अन्त में आज यह प्रमाण भी दे रहे हैं कि वे छोटे उससे कितने बड़े हैं—उसके बिना उसका जीवन कितना अधूरा, कितना छोटा है!

नरेन्द्र ने अनुवाद बन्द कर दिया। सोचने लगा, किस प्रकार छोटा होकर वह बड़ा होगा। उसी क्षण आँखों के सामने यह सोलह सालवाली साक्षात् आभा अपने पूर्ण यौवन में उभरी स्वर्ग की अप्सरा-सी झलमलाने लगी। वह मधुर ध्वनि याद आई। वह 'अच्छा' प्राणों में घुलकर अमृत बन गया।

तरंग के तृण की तरह अब नरेन्द्र अपने सोचे हुए विचारों में नहीं बह रहा—एक दूसरी विचारधारा उसे बहाए लिए जा रही है। जो सचाई आजतक दूसरों को रास्ता बताने में लगी थी, उसने आज अपना रास्ता पहचाना। एकाएक नरेन्द्र जैसे रात के शुभादर्श स्वप्न से जगकर दिन के प्रकाश में आया, जहाँ सबकुछ खुला हुआ है।

बक्स खोलकर रुपए गिने—लौटने का खर्च था।

गाँव में खबर उड़ी—नरेन्द्र बाबू ने आवारगी पर कमर कस ली—बाप-दादे का नाम मिटा दिया। घर-द्वार, जर-जमीन, जो कुछ

था, बेच डाला—पाप कहीं छिपता है? अब वह चेहरा ही नहीं रहा। आभा ने भी सुना। आँखों में गुनकर चुप हो गई।

शाम को समय पर, नरेन्द्र मन्दिर में गया। जैसे ही दीपक जला, वैसे ही मुख प्रकाश में ज्योतित हुआ। उतरने के वक्त उसी तरह चढ़ता हुआ मिला, आभा उसी तरह खड़ी हो गई।

"आभा, मैंने रास्ता ठीक कर लिया है।" यह आचार्य का कंठ न था, एक घनिष्ठ मित्र का था, जिसकी ध्वनि प्राणों में बहुत निकट पहुँचती है।

आभा ने सुना, और तोलकर देखा, यह स्वर वहीं पहुँचा है, जहाँ कभी आँखों की सहानुभूति से स्नेह पहुँचा था। इसमें उपदेश की गुरुता नहीं, मनुष्य के प्रति मनुष्य का समभाव है। वीणा-स्वर-सा झंकृत हुआ, "क्या है वह रास्ता?"

"तुम्हारे और मेरे जीवन से बँधकर बिलकुल एक नया, जिससे आगे और लोग आएँगे, मनुष्य के लिए मनुष्य होने का।"

आभा ने नरेन्द्र को देखा, फिर निगाह फेरकर दीपक-प्रकाश में श्वेत शिव को देखने लगी। प्राणों में कैसी गुदगुदी हुई। बोली, "आप मुझे भगाना चाहते हैं?"

"नहीं।" नरेन्द्र का कंठ बिल्कुल स्थिर था।

आभा ने फिर नरेन्द्र को देखा, "गाँववाले आपको आवारा कहते हैं।" कंठ में सहानुभूति बज उठी।

"यह भ्रम गाँववालों को बराबर रहेगा।" नरेन्द्र की आँखों से बिजली निकल रही थी।

"मेरे लिए आपकी जैसी आज्ञा हो—"

"हाँ, मैं तुम्हें वही अधिकार लेने के लिए कहता हूँ, जो तुमसे छिन चुका है।"

अज्ञात आँखों से आभा ने देखा।

"जिस दुनिया ने तुम्हें छोटी, अधम, भाग्य से रहित कहा, क्या उसे तुम नहीं समझाना चाहती कि तुम बहुत बड़ी—बहुत बड़ी, भाग्य से भरी हुई हो।"

"ऐसा तो अब क्या होगा?"

"होगा, आभा। वही रास्ता देखकर मैं आ रहा हूँ। विश्वास करो, और आज से दुनिया को ठोकर मार दो—इसे जो जितनी ठोकरें लगा सका, इसकी आँखों में वह उतना ही बड़ा हुआ—उतना ही इसने उसके पैर पकड़े।"

ध्वनि जैसी होती है, प्रतिध्वनि भी वैसी ही होती है। आभा इस सम्पूर्ण शक्ति को भरकर एक-दूसरे रूप में बदल गई। तन्मय खड़ी सुनती रही—

"वह संसार तुम्हारे लिए जैसा था, मेरे लिए भी वैसा ही था। तुम दुःख को समझती थीं, मैं न समझ पाता था या समझकर भी न समझता था। अब हमें इस संसार को वैसे ही दुःख के भीतर से उचित शिक्षा देनी है।"

आभा की आँखें, हृदय, वह सम्पूर्ण निश्चलता कह रही थी—'यह ठीक कह रहे हैं।'

नरेन्द्र ने आभा को देखा, फिर देखा—यह निगाह बदल चुकी थी, जो झुकती है। यह वह निगाह है, जो धूप की तरह लोगों को उठाती हुई उठ जाती है—फिर पृथ्वी पर नहीं झुकती। आभा हृदय से इतना कभी नहीं उठी।

'यह', नरेन्द्र ने मन में कहा—'यह आभा है।' खुलकर बोला, "आभा, चलो; मेरे घर में बहुत दिनों से अँधेरा है; उसमें प्रकाश भर दो। मैंने तुम्हारी शिक्षा के लिए जायदाद बेची है।"

होश में आते ही हृदय हिल उठा। आँखों में शंका आई, "आपको लोग क्या कहेंगे?"

"मुझे कुछ नहीं कह सकते; अब अपनी-अपनी किस्मत को रोएँगे, जिसे किसी तरह वे फूटा नहीं समझ पाए—थाने जाएँगे, दारोगा के आगे-पीछे दुम हिलाएँगे—कुत्तों की तरह भौकेंगे, पर कुछ कर नहीं सकते। सामने आकर काटना देशी कुत्ते जानते नहीं। मैं मुँह पर विलायती ठोकरें लगाना सीख चुका हूँ, तुम्हें भी सिखाना चाहता हूँ। आओ—"

नरेन्द्र आगे-आगे था; इस दृढ़ता को सर्वस्व सौंपकर आभा पीछे-पीछे चली। बारहदरी की बगल में तीन आदमी खड़े थे, इनके आने से ये पहले ही चल दिए। नरेन्द्र ने देखा, पर उपेक्षा में भरकर रह गया। आभा ने देखा, मन में कहा—'ये वे ही हैं, जिन्हें रोज देखती और रोज समझती थी।'

द्वार खोलकर, दीपक जलाकर नरेन्द्र ने कहा, "आभा, अभी हमें कुछ रोज यहाँ रहना होगा। गाँववालों को बता जाना है कि हम भागनेवाले नहीं थे—तुम्हें, भगानेवाला रास्ता बतलानेवाले थ।"

आभा प्रकाश में मुस्कुरा दी।

दूसरे दिन से कई दिनों तक लगातार नरेन्द्र को देख-देखकर गाँववालों ने घृणा से अपना ही सिर झुका-झुका लिया, और घर-घर राय कायम हो गई कि आभा के बाप की नाक कट गई। कीच पर ढेले चलाने से छींटे अपने ऊपर आएँगे, यह समझाकर वयोवृद्धों ने आभा के घरवालों को थाने जाने से रोका।

इस तरह की अनेक अड़चनों को आसानी से पार कर नरेन्द्र

आभा को लेकर सालभर से दिल्ली में है। आने के साथ ही, अपनी और आभा की एक साथ उतरवाई तसवीर, ब्याह के सूक्ष्म स्वतन्त्र ब्यौरे से मासिक तथा साप्ताहिकों के सम्पादकों के पास भेज दी। 'भारत' तथा स्त्री-जाति के उद्धार-कल्प के सम्पादकों की लिखी ओजस्विनी टिप्पणियों के साथ दोनों का सुन्दर चित्र प्रकाशित हुआ। छोटे-छोटे पत्रवालों ने ब्लाक मँगा-मँगाकर और ऊँची आवाज लगाई। आभा तसवीरें देख-देख, तारीफ पढ़-पढ़कर मुस्कुराती रही।

घर पर उस्तादों को बुलाकर नरेन्द्र आभा को नृत्य-गीत की शिक्षा दिलवाने लगा—इसको भी एक साल हो चुका। अक्षर-विज्ञान का खुद शिक्षक बना। सालभर में आभा अच्छी तरह हिन्दी और उर्दू समझ लेने लगी है। बुद्धि में इतनी बढ़ गई है, जैसे कई साल से तालीम पा रही हो। जैसा सुरीला, कोमल गला उसका था, स्टेज पर उतारने पर दर्शक ताँगेवालों और प्रशंसक पत्रवालों में उसके उतर जाने की नरेन्द्र को शंका न हुई।

आभा का बड़े-बड़े चित्रों, पोस्टरों, दैनिक, साप्ताहिक, मासिक पत्रों में बड़ा विज्ञापन हुआ। 'लीडर' में विज्ञापन के दाम अग्रिम भेजकर नरेन्द्र ने सम्पादकीय कॉलम से तारीफ छापने का अनुरोध किया। लोगों की तो आज भी बँधी धारणा है कि आँखें मूँदने पर ज्यादा देख पड़ता है। फलतः सम्पादक के कलम ने कॉलम-के-कॉलम रंग डाले। आभा उतरी भी। और, दर्शकों का क्या कहना, सहृदय तारीफ के बोझ से औंधे हो गए। स्त्रियों की पत्रिका 'पतिव्रता' ने लिखा, 'हमारी देवियों को इससे बढ़कर दूसरा आदर्श नहीं मिल सकता कि पति और पत्नी सम्मिलित रूप से कला की सेवा में लगें।' साहित्यिक पत्रों ने लिखा, 'नरेन्द्रजी प्रतिभाशाली तो पहले से थे, परन्तु अब वह विशेष रूप से राष्ट्र-भाषा को समुन्नत कर रहे हैं।

दिल्ली में उनका 'अर्धनारीश्वर' नाटक बड़ी सफलता से खेला गया, जिसमें पति-पत्नी दोनों उतरे।' यह पिछड़े हुए हिन्दीवालों को पढ़ने की उचित शिक्षा हम धन्यवादार्ह दम्पती ने दी। तीन साल में आभा और नरेन्द्र का भारत के कोने-कोने में नाम और बंक-बंक में रुपया हो गया। नरेन्द्र ने एक आश्वासन की साँस ली।

अपना 'सुभद्रार्जुन' नया नाटक शहर-शहर चलकर दिखाने के अभिप्राय से नरेन्द्र ने प्रोग्राम बनाना और विज्ञापन करना शुरू किया। कानपुर, लखनऊ, प्रयाग, काशी आदि शहरों से क्रमशः कलकत्ते तक का निश्चय हुआ। केवल काशी के लिए जरा सन्देह रहा। स्टेज के मालिक ने किराए पर स्टेज न देकर कमीशन पर देने की बात लिखी।

कम्पनी चली, साथ-साथ पत्रों में सुभद्रा की भूमिका में आभादेवी की आभा-सी तारीफ! प्रोग्राम बदल देना पड़ा। निश्चित दिनों से अधिक दिन लोगों को तृप्त करने में लगते रहे। सरकारी अफसर चलने में सबसे पहले बाधक होते थे। पत्रों की विपुल प्रशंसा और नागरिकों की ऊर्ध्व-कंठ प्रतीक्षा को लिए कम्पनी काशी आई।

'आरती' के प्रकाशक ने पुस्तकों की बदौलत आज के सिनेमा-साहित्य के उद्धार के विचार से अपनी एक रंगशाला बनवाई है, जिसका नाम भारतीय भावों से, काशी के एक कलाकार से सलाह लेकर 'पवित्रा' रखा है। इस स्टेज में नाटक भी खेला जाता है। इन्हीं से नरेन्द्र की शर्तें तय न हुई थीं।

कम्पनी के काशी पहुँचने पर 'पवित्रा' के मालिक स्वयं नरेन्द्र से मिले। पुरानी पहचान थी ही। बड़ा सम्मान-प्रदर्शन किया। नरेन्द्र ने कहा, "आप से भाड़े का स्टेज नहीं मिला, अतः लाचार होकर मुझे दूसरा प्रबन्ध करना पड़ेगा।" नम्र भाव से मुस्कुराते हुए 'पवित्रा' के मालिक ने कहा, "पवित्रा आप ही की है। आप कुछ भी न दें।"

नरेन्द्र ने कहा, "नहीं, ऐसी तो कोई बात है नहीं, आप अगर लेना चाहें।"

वैसा ही नम्र उत्तर आया, "पचास नहीं, तो चालीस सैकड़ा तो दीजिए।"

नरेन्द्र ने भौंहें सिकोड़ लीं। कहा, "हमारे चालीस सैकड़े के मानी हैं, भाड़े के अलावा आपको सात-आठ सौ रुपए मिलेंगे। अगर यही है, तो पन्द्रह सैकड़ा ले लीजिए।"

"पन्द्रह सैकड़ा!"

नरेन्द्र अट्टहास हँसा। संयत होकर कहा, "बाबू धनीरामजी, मैं 6 महीने में एक किताब लिखता था, पर उसके लिए आपने मुझे 15 सैकड़ा भी नहीं दिया!"

एक दिन, बाहर की पृथ्वी में प्रकाश की तरह प्रसिद्ध हो चुकने पर, आभा ने नरेन्द्र के पास एकान्त में बैठकर हाथ में हाथ लेते हुए कहा, "नरेन्द्र, तुम बुरा तो न मानोगे, मैं देखती हूँ, दुख बहुत थे जरूर; पर मन्दिर का वह दीप जलानेवाला जीवन मुझे बड़ा सुखमय लग रहा है।"

भक्त और भगवान्

भक्त साधारण पिता का पुत्र था। सारा सांसारिक ताप पिता के पेड़ पर था, उस पर छाँह। इसी तरह दिन पार हो रहे थे। उसी छाँह के छिद्रों से रश्मियों के रंग, हवा के फूलों की रेणु-मिश्रित गन्ध, जगह-जगह ज्योतिर्मय जल में नहाई भिन्न-भिन्न रूपों की प्रकृति को देखता रहता था। स्वभावतः जगत् के करण-कारण भगवान् पर उसकी भावना बँध गई।

पिता राजा के यहाँ साधारण नौकर थे। उसे इसका ज्ञान रहने पर भी न था। लिखने के अनुसार उसकी उम्र का उल्लेख हो जाता है। इस समय एक घटना हुई। गाँव के किनारे, कुएँ पर एक युवती पानी भर रही थी। पकरिए के पेड़ के नीचे एक बाबा तन्मय गा रहे थे—'कौन पुरुष की नार झमाझम पानी भरे?' युवती घड़ा खींचती दाहिनी ओर के दाँतों से घूँघट का छोर पकड़े, बाएँ झुकी आँखों में मुस्कुरा रही थी। तरुण भक्त की ओर मुँह था। बाबाजी की ओर दाहिने अंगों से पर्दा।

भक्त का विद्यार्थी-जीवन था। उसने पढ़ा। विस्मित हो गया।

देवी को मन में प्रणाम कर आगे बढ़ा। गाँव की गली में साधारण किसानों की भजन-मंडली जमी थी। खँझड़ी पर लोग समस्वर से गा रहे थे–

'कहत कोउ परदेशी की बात–
कहत कोउ परदेशी की बात!
वइ तरु-लता, वई द्रुम-खंजन,
वइ करील, वइ पात!
जब ते बिछुरे स्याम साँवरे,
ना कोउ आवत जात!'

तरुण युवक खड़ा हो गया। अच्छा लगा। एक पेड़ की जड़ पर बैठकर एकचित्त सुनता रहा। कितने भाव प्राणों में जगकर उथल-पुथल मचाने लगे–'यह परदेशी की बात कौन कहता है? क्या कहता है? तरु-लता-द्रुम-खंजन आदि वही सब अब भी हैं, पर श्याम बिछुड़ गए हैं, इसलिए तो वह सब सूना हो रहा है? वहाँ कोई नहीं आता-जाता।–यह परेदशी की कैसी बात है?' कितने विचार बह गए। वह सुनता रहा–अज्ञात भी कितना कह गए। फिर सब भूल गया। एक होश रहा–यह परदेशी कौन है–क्या कहा–यह साँवरे श्याम कैसे बिछुड़े?–फिर भी परदेशी की बात कहने में इनका अस्तित्व है।

चुपचाप उठकर वह चला गया। गाँव से बाहर एकान्त में, एक रास्ते के किनारे, चढ़ी मालती के बड़े पीपल के नीचे बँधे पक्के चबूतरे पर महावीरजी की सुन्दर मूर्ति स्थापित थी, वहीं जाकर बैठ गया। विशद विचार का नशा था ही। लड़ी आप फैल चली। तुलसीदास की याद आई। महावीरजी, तुलसीदासजी और श्रीरामायण से हिन्दी-भाषी पठित हिन्दू-मात्र का जीवन-सम्बन्ध है। मन सोचने लगा। तुसलीदास की सिद्धि के कारण महावीरजी हैं। सामने सिन्दूर

की सजी सुन्दर मूर्ति पर सूर्य की किरणें पड़ रही थीं। देखकर भक्ति-भाव से प्रणाम किया। अर्थ कुछ नहीं समझा। पर उस पत्थर की मूर्ति पर प्राण मुग्ध हो गए। यह एक संस्कार था—एक मूर्ख संस्कार, जिसे ब्रह्म-भाव के लोग आज कुसंस्कार कहते हैं, बृहत्तर के निर्माण के लिए प्रयत्न पर हैं।

'खसी माल मूरति मुसकानी' वह नहीं समझा; पर खसी मालवाली—बिना माला की मूर्ति मुस्कुराई। उसने केवल देखा—सामने एक पुराने कलमी आम के पेड़ पर नई जंगली बेले की लता पूरी फूली हवा में हिल रही है। तरुण भक्त की इच्छा हुई, माला गूँथकर महावीरजी को पहनाए। सामने केले लगे थे। एक पत्ता बीच से तोड़कर पैनी लकड़ी से काट लिया और पेड़ पर चढ़कर, उसी के बनाए दोनों में फूल तोड़-तोड़कर रखने लगा। फिर गुर्च-जैसी एक लता की पतली लड़ी तोड़कर, उसी चबूतरे पर बैठकर माला गूँथने लगा। पूरी होने पर महावीर को पहनाकर देखा। कोई हँस दिया—वह नहीं समझा। प्रणाम कर चला गया।

वह विवाहित था। घर आया। सिन्दूर का सुहाग धारण किए नवीन पत्नी खड़ी थी, आँखों में राज्य-श्री उतरकर अभिनन्दन कर रही थी—वह मुस्कुराई; पर वह फिर भी नहीं समझा।

भक्त की ऋतुएँ बहुत धीरे-धीरे वेश बदलती हुई चलती हैं। पर इतनी सुन्दर हैं, इतना कोमल और इतनी मनोरम कि वहाँ प्रखरता का कोई भी निर्झर-स्वर नहीं, जो शैलोच्च प्रकृति से उतरता हुआ हरहराता हो, वहाँ केवल मर्मरोज्ज्वल तरंग भंग है।

भक्त का नाम निरंजन था। सम्पत्ति के सम्बन्ध में भी वह

निरंजना था। केवल भक्ति थी। भक्ति बुद्धि नहीं, पर पूजा चाहती थी। पूजा के लिए सामग्री एकत्र करने की विधि वह नहीं बताती, विधि आप विधान देते हैं।

भक्त ने देखा, राजा का सरोवर सरोरुहों से पूर्ण है। नील जलराशि पर हरे पत्र, उनके बीच वृन्त उठे, उन पर डोलते हुए कमल, उन पर काँपती हुई किरणें। भक्त ने देखा—ये श्वेत-कमल श्वेत होकर भी कैसी अंजलि बाँधे हुए हैं; इच्छा हुई, इन्हें महावीर पर चढ़ावें। लाँग मारकर पानी में कूद पड़ा। जल 'छल-छल' करता छलकता हुआ, तरंगों से वर्तित हो चला। वह तैरने लगा। नाल और नालों के काँटे रोकने लगे—लिपटकर, छिदकर, खरोंचते रहे; पर उसे केवल महावीरजी, पूजा और कमलों का ध्यान था—तैरता-तोड़ता, तट-जल पर फेंकता रहा। फिर निकलकर उठा लिए। चबूतरे पर जाकर भक्ति-भाव से सजाने लगा। मूर्ति वीर-मूर्ति न थी। हाथ जोड़े हुए थी। दोनों बगलों में, कन्धे के बीच कानों के नीचे, पैरों के नीचे, पैरों से लेकर ऊपर तक मूर्ति को श्वेत-कमलों से सुवासित कर दिया। सिर के लिए एक सनाल कमल की गुड़री बनाई। पहनाने लगा, आगे भार अधिक होने के कारण अर्द्धविकच कमल गिरने लगा—सँभालकर, दबाकर पहना दिया। देर तक तृप्ति की दृष्टि से देखता रहा, जैसे कमल उसी के हों, इस सारी शोभा पर उसी की दृष्टि का पूरा अधिकार हो।

घर आकर बड़ी प्रसन्नता से रात के भोजन के बाद सोया। मस्तिष्क स्निग्ध था। बात-की-बात नींद आ गई। रात पिछले पहर की थी। स्वप्न देखने लगा। इसे आजकल के लोग संस्कार कहेंगे। पर इसकी पूरी व्याख्या करते नहीं पढ़ा गया। देखा, महावीरजी की वही भक्ति-मूर्ति सामने मुस्कुराती हुई खड़ी है। कह रही है—'बन्धु, तुमने अपनी पूजा का स्वार्थ देखा, पर मेरे लिए कुछ भी विचार नहीं

किया। कमलनाथ की गुड़री इतनी जोर से तुमने गड़ाई कि उसके काँटे मेरे रस में छिद गए हैं, दर्द हो रहा है।' भक्त वज्रांग की वाणी सुनकर चकित था, साथ आनन्द में मत्त कि वज्रांग इतने कोमल हैं।

वह मूर्ति धीरे-धीरे अदृश्य हो चली। साथ भक्त की पत्नी अँधेरे के प्रकाश में उठती हुई सामने आई। सिर पर सिन्दूर चमक रहा था। महावीरजी अदृश्य होते हुए बदल गए—"इनके मस्तक पर क्या है?" भक्त को ताज्जुब में देखकर पत्नी बोली, "प्रिय, महावीर को मैं मस्तक पर धारण करती हूँ।" स्वप्न में भक्त ने पूछा, "मैं नहीं समझा—अर्थ क्या है?" बड़ी रहस्यमयी मुस्कान आँखों में दिखाई दी। "उठो," पत्नी ने कहा, "अर्थ सब मैं हूँ—मुझे समझो।" भक्त की आँखें खुल गईं। जगकर देखा, पत्नी घोर निद्रा में सो रही है। उसका दाहिना हाथ उसके हृदय पर रखा है, जैसे उसके हृदय के यन्त्र को स्वप्न के स्वरों में उसी ने बजाया हो। खिड़की से ऊषा की अन्धकार पार करनेवाली तैरती छवि, दूर जगत की मधुर ध्वनि की तरह, अस्पष्ट भी प्रतीत हो रही थी। भक्त ने उठकर बाहर जाना चाहा। धीरे से, हृदय से प्रिया का हाथ उठाकर चूमा; फिर सघन जाँघ पर सहारे से प्रलम्ब कर एक बार मुँह देखा—खुले, प्रसन्न, दिव्य, भाल पर अन्धकार बालों को चीरनेवाली माँग में वैसा ही शोभन सिन्दूर दीपक-प्रकाश में जाग्रत था। कमल आँखें मुँदी हुई। कपाल, भौंह, गाल, नाक, चिबुक आदि के कितने सुन्दर कमल सोहाग-सिन्दूर पर चढ़े हुए हैं। देखकर चुपचाप उठकर बाहर चला गया।

भक्त की भावना बढ़ चली। प्राणों में प्रेम पैदा हो गया। यह बहुत दूर का आया प्रेम है; यह वह न जानता था। क्योंकि वह जाग्रत लोक में ज्यादा बँधा था। उसकी मुक्ति जाग्रत की मुक्ति थी। खाने-पीने

रहने-सहने की मामूली बातों से निवृत्त हो, इतना ही समझता था। स्वप्न के बाद तमाम दिन एक प्रसन्नता का प्रवाह बहा—पहले-पहल जवानी में ब्याह होने पर जैसा होता है।

आज फिर अच्छी पूजा की इच्छा हुई। सरोवर के किनारे से दूसरों की आँख बचाकर ऊँची चारदीवार की बगल-बगल जाने लगा। बारहदरी के पिछवाड़े, एक-दूसरे सरोवर के किनारे, गुलाब-बाग था। दाहिने आमों की श्रेणी। बीच से बड़ा रास्ता। राहियों की नजर से ओझल पड़ता था। चुपचाप केले का एक वैसा ही आधार लिए बाग में पैठा। बसरा, विलायत, फ्रांस आदि देशों के तरह-तरह के, घने और हल्के लाल, गुलाबी, पीले गुलाब हिल रहे थे, जैसे हाथ जोड़े आकाश की स्तुति कर रहे हों—'खेसंभवं शंकरम्—खेसंभवं शंकरम्', मौन वीणा बजा रही हो सुगन्ध की झंकारें दिशाओं को आमोद-मुग्ध करती हुईं।

क्षण-भर शोभा देखकर गुलाब तोड़ने लगा। ध्यान महावीरजी की ओर बह रहा था। साक्षात् भक्ति जैसे वीर की सेवा में रत हो।

लौटकर आज लाल को लाल करने चला। सिन्दूर पर गुलाब की शोभा चढ़ी। सुन्दर सब समय सुन्दर है। सजाकर देर तक देखता रहा। यही पूजा थी।

घर आया। पत्नी ने नई साड़ी पहनी थी, गुलाबी। देखकर भक्त हँसा। रात का स्वप्न मस्तक में चक्कर काटने लगा। कहा, "तुम मन की बात समझती हो।"

सहज सरलता से पत्नी ने कहा, "तुम जैसा पसन्द करते हो, मैं वैसा करती हूँ।"

भक्त की इच्छा हुई रात की बात कहें; पर किसी ने रोक दिया। सिर झुकाने लगा—न झुकाया। पत्नी सिर झुकाए मुस्कुरा रही

थी। मस्तक का सिन्दूर चमक रहा था। देखकर भक्त चुप हो गया।

उसकी पत्नी का नाम सरस्वती था। पति को चुप देखकर बोली, "मेरा नाम सरस्वती है, पर मैं सजकर जैसे लक्ष्मी बन गई हूँ।" यह छल भक्त को हँसाने के लिए था, पर भक्त ने सोचा, यह मुझे समझना है कि तुम विष्णु हो। वह और गम्भीर हो गया। मन में सोचा, यह सब समझती है।

कुछ दिनों बाद एक आवर्त आया। भक्त के घरवाले ईश्वर के घर चले गए। धैर्य से उसने यह प्रहार सहा। पहले उसकी पत्नी मरी थी। घर बिलकुल सूना हो गया।

एक दिन पड़ोस की एक भाभी मिलीं। कहने लगीं, "भैया, ऐसी देवी तुम्हें दूसरी नहीं मिल सकती, चाहे तुम दुनिया देख डालो।" उसने दो साल पहले मुझसे कहा, "दीदी, मैं दो साल और हूँ।" भक्त दंग हो रहा। पहले के उसके भी संस्कार उग-उगकर पल्लवित हो चले। वह नहीं समझा कि एक दिन अपनी जन्म-पत्रिका पढ़ते हुए पत्नी से उसने कहा था कि दो साल बाद दारा और बन्धुओं से वियोग होगा, लिखा है; इसे उसकी पत्नी प्रमाण की तरह ग्रहण किए हुए थी, और इसी के आधार पर दीदी से भविष्यवाणी की थी।

पत्नी की समझ को उसी से सिन्दूर की तरह सिर पर धारणकर वह महावीरजी की सेवा में लीन हुआ। अब रामायण भी उन्हें पढ़कर सुनाया करता था। रामायण के ऊँचे गूढ़ अर्थ अभी मस्तिष्क में विकास प्राप्त नहीं कर सके। पत्नी के बाद पिता तथा अन्य बन्धुओं का भी वियोग हुआ था। राजा ने दया करके एक साधारण नौकरी उसे दी।

उन्हीं दिनों श्री परमहंसदेव के शिष्य स्वामी प्रेमानन्दजी को राजा के दीवान अपने यहाँ ले गए। राजा की परमहंसदेव के शिष्यों पर विशेष श्रद्धा न थी। वह समझते थे, साधु-महात्मा वह है ही नहीं, जिसके तीन हाथ की जटा, चिमटा न हो, चिलम भी होनी चाहिए और धूनी भी, तभी राजा भक्तिपूर्वक गाँजा पिलाने को राजी होते। परन्तु राजा के पढ़े-लिखे नौकर पुराने महात्माओं को जैसा घोंघा समझते थे, राजा को उससे बढ़कर खाजा।

स्वामी प्रेमानन्दजी का बड़े समारोह से स्वागत हुआ। भक्त भी था। दीवान साहब भक्त की दीनता से बड़े प्रसन्न थे। भक्त ने स्वामीजी की माला तथा परमहंसदेव की पूजा के लिए खूब फूल चुने। स्वामीजी मालाओं में भर गए। हँसकर बोले—"तोरा आया के काला करे दिली।" (तुम लोगों ने मुझे काली बना दिया)।

भक्त नहीं समझा कि उस दिन उसके सभी धर्मों का वहाँ समाहार हो गया—ब्रह्मचारी महावीर, उनके राम, देवी और समस्त देव-दर्शन उन जीवित संन्यासी में समाकृत हो गए।

बड़ी भक्ति से परमहंसदेव का पूजन हुआ। दीवान साहब कबीर साहब का बंगला-अनुवाद स्वामीजी को सुना रहे थे, राज्य के अच्छे-अच्छे कई अफसर एकत्र थे, भक्त तुलसीकृत रामायण सुनाने को ले गया और स्वामीजी की आज्ञा पा पढ़ने लगा। स्थल वह था, जहाँ सुतीक्ष्ण रामजी से मिले हैं, फिर अपने गुरु के पास उन्हें ले गए हैं। स्वामीजी ध्यान-मग्न बैठे सुनते रहे। "श्यामतामरस-दाम-शरीरम्; जटा-मुकुट-परिधन-मुनि-चीरम्।" आदि साहित्य-महारथ महाकवि गोस्वामी तुलसीदास की शब्द-स्वर-गंगा बह रही थी, लोग तन्मय मज्जित थे। स्वामीजी के भाव का पता न था। भक्त कुछ थक गया था। पूर्ण-विरामवाला दोहा आया, स्वामीजी ने बन्द कर देने के लिए कहा।

फिर तरह-तरह के धार्मिक उपदेश होने लगे। स्वामीजी ने दीवान साहब से हर एकादशी महावीर-पूजन और रामनाम-संकीर्तन करने के लिए कहा।

भक्त को नौकरी नहीं अच्छी लगती थी। मन पूजा के सौन्दर्य-निरीक्षण की ओर रहता था। तहसील-वसूल, जमा-खर्च, खत-किताब, अदालत-मुकदमा आदि राज्य के कार्य प्रतिक्षण सर्प-दंशवत् तीक्ष्ण ज्वालामय हो रहे थे, हर चोट महावीरजी की याद दिलाने लगी। मन में घृणा भी हो गई, राजा कितना निर्दय, कितना कठोर होता है। प्रजा का रक्त-शोषण ही उसका धर्म है।

उसने नौकरी छोड़ने का निश्चय कर लिया। उस रोज शाम को महावीरजी को प्रणाम करके चिन्तायुक्त घर लौटा। घर में दूसरा कोई न था, भोजन स्वयं पकाता था। खा-पीकर सोचता हुआ सो रहा।

समय समझकर महावीरजी फिर आए। उसने आज महावीरजी की वीर-मूर्ति देखी। मन इतने दूर आकाश पर था कि नीचे समस्त भारत देखा; पर यह भारत न था—साक्षात् महावीर थे, पंजाब की ओर मुँह, दाहिने हाथ में गदा—मौन शब्द-शास्त्र, बंगाल के ऊपर दाएँ-बाएँ पर हिमालय-पर्वत की श्रेणी, बगल के नीचे बंगोपसागर, एक घुटना वीर-वेश- सूचक—टूटकर गुजरात की ओर बढ़ा हुआ, एक पैर प्रलम्ब—अँगूठा कुमारी-अन्तरीप, नीचे राक्षस-रूप लंका-कमल—समुद्र पर खिला हुआ।

ध्वनि हुई, "वत्स, यह वीर-रूप समझो।" इसके बाद स्वामी प्रेमानन्दजी की प्रशान्त मूर्ति ऊषा के अरुण प्रकाश की तरह भक्त के सुन्दर मन के आकाश से भी ऊँचे उगी। ध्वनि हुई, "वत्स, यह

सूक्ष्म भारत है, इससे नीचे नहीं उतर सकते; इनका प्रसार समझ के पार है।" एक बार सूर्य दिखाई दिया, फिर अगणित तारे, प्रकाश मन्दतर होता हुआ विलीन हो गया।

फिर उसके पूजित महावीरजी की वही भक्त-मूर्ति आई, हाथ जोड़े हुए। उसी मुख से निर्गत हुआ, "मैं इसी तत्त्व को हाथ जोड़े हुए हूँ—यही मेरे राम हैं, तुम इसी तरह रहो। किसी कार्य को छोटा न समझो, न किसी की निन्दा करो।"

अन्धकार जल पर एक कमल निकला, हाथ जोड़े हुए बोला, "मैं तो राजा का था, तुमने मुझे क्यों तोड़ा?" फिर गुलाब हिल-हिलकर कहने लगा, "मुझे छूने का तुम्हें क्या अधिकार था?" हाथ जोड़े हुए महावीरजी बोले, "वत्स, यहाँ कौन-सी चीज राजा की नहीं है—यह मूर्ति किसकी खरीदी है? कौन पुजवाता है?"

स्वप्न में आतुर होकर भक्त ने कहा, "ये गरीब मरे जा रहे हैं— इनके लिए क्या होगा।"

"ये मर नहीं सकते, इनके लिए वही है, जो वहाँ के राजा के लिए, इन्हें वही उभाड़ेगा, जो वहाँ के राजा को उभाड़ता है, तुम अपने में रहो। दूर मत आओ।"

मन धीरे-धीरे उतरने लगा। देखा, आकाश की नीली लता में सूर्य, चन्द्र और ताराओं के फूल हाथ जोड़े हुए खिले हुए एक अज्ञात शक्ति की समीर से हिल रहे हैं, पृथ्वी की लता पर पर्वतों के फूल हाथ जोड़े आकाश को नमस्कार कर रहे हैं। आशीर्वाद की शुभ्र हित-धारा उन पर प्रवाहित है; समुद्रों की फैली लता में आवर्तों के फूल खिले हुए अज्ञात किसी पर चढ़ रहे हैं; डाल-डाल की बाँहें अज्ञात की ओर पुष्प बढ़ाए हुए हैं। तृण-तृण पूजा के रूप और रूपक हैं।" इसके बाद उन्हीं-उन्हीं पुष्पों के पूजा-भावों के छन्द और ताल

प्रतीयमान होने लगे—सब जैसे आरती करते, हिलते, मौन भाषा में भावना स्पष्ट करते हों, सबसे गन्ध निर्गत हो रही हो, सत्य की समीर वहन कर रही है, पुष्प-पुष्प पर कहीं से अज्ञात आशीर्वाद की किरणें पड़ रही हैं, इसके बाद उसकी स्वर्गीया प्रिया वैसी ही सुहाग का सिन्दूर लगाए हुए सामने आई।

"वत्स, यह मेरी माता देवी अंजना है। इनके मस्तक पर देखो।" उसी भक्त-मूर्ति की ध्वनि आई।

मस्तक पर वीर-पूजा का वही सिन्दूर शोभित था। मुस्कुराकर देवी सरस्वती ने कहा, "अच्छे हो?"

आँख खुल गई, कहीं कुछ न था।

●●●